민트문

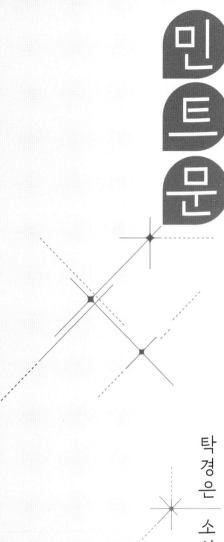

탁경은 소설집

사□계절

차
례

지금은

생리

중

1교시가 시작되기 전 가방 안을 살폈다. 교과서, 노트, 필통, 휴대폰, 컴퍼스, 파우치가 차례로 손끝에 닿는다. 역시나 모든 물건이 자기 자리에 얌전히 있다. 완벽하다. 완벽한 건 좋은 거다. 누구나 완벽한 삶을 꿈꾼다. 필요한 물건이 제자리에 있어 금방 손에 쥘 수 있는 삶. 언제든 복습할 수 있도록 깔끔하게 노트 필기가 되어 있는 삶. 뭔가를 흘리거나 묻히면 바로 닦을 수 있는 물티슈, 휴지, 세정제가 준비된 삶. 언제 생리가 터지든 당황하지 않게 파우치 안에 생리대가 담겨 있는 삶.

1교시는 담임 쌤 수업이다. 급한 용무가 있는지 쌤이 오지 않는다. 지나가는 시간이 아까워 빈 노트에 영어 단어를 채워 넣는데 뒷자리에서 소곤거리는 소리가 들린다. 우리 반 대표 공식 커플 민-송이 사랑의 밀어를 속닥거린다. "나 요즘 생리통 심하잖아." 송이 목소리. "정말? 어떡하냐." 걱정하는 민호 목소리. "면 생리대 쓰면 생리통이 덜하다던데." 다시 송이 목소리. "그럼 그거 써." 재빨리 대꾸하는 민호. "빨다가 손목 나간대." 풀이 죽은 송이. "내가 빨아 줄까?" 수줍게 말하는 민호. "어우, 야." 송이가 희한한 웃음소리를 내며 민호의 등과 어깨를 부드럽게 두드리는 소리가 뒤이어 들린다.

깨가 쏟아지는 커플의 목소리를 차단하기 위해 이어폰을 낀다. 껴 봤자 소리가 다 새어 든다는 걸 알면서도 일단 끼고 본다. 부러우면 지는 거라던데, 솔직히 좀 부럽다. 인터넷 서핑을 하다가 남자친구나 남편이 면 생리대를 직접 빨아 준다는 글을 만나면 이게 정말 실화인가 의심했는데 진짜인가 보다.

초경은 초등학교 6학년 가을에 터졌다. 기분이 얼떨떨했다. 첫 생리 후 두 달 정도 생리를 건너뛰었다. 갑자기 피가 나오지 않아 좀 혼란스러웠다. 헐, 그게 생리가 아니었나 보다. 그럼 갈색 비스무리 하다가, 붉고 걸쭉해진 개는 대체 뭐였지?

그해 겨울부터 규칙적으로 생리를 하기 시작했지만 이번에는 생리통이 문제였다. 아랫배가 묵직하게 조여 오는 느낌. 배안 깊숙한 곳에서 뭔가가 배배 꼬이는 느낌. 그러다가 숨이 턱 막힐 만큼 세찬 통증이 배를 발로 뻥 차는 느낌.

작년 가을엔 좀 심각했다. 학원 보충 수업을 듣는 중이었는데 어찌나 통증이 심한지 나는 "으윽!" 하면서 배를 움켜쥘수밖에 없었다. 내 곁에 있던 단짝 보령은 학원 수업을 빠져

가면서 나를 집까지 데려다줘야만 했다.

그 후로도 생리통은 줄지 않았다. 다행히 한 달 심하면 다음 달은 견딜 만했지만 생리통이 정말 심한 날은 등교는커녕 밥을 먹는 일도 힘들 정도였다. 그런데도 생리통으로 체육 수업을 빠지려고 하면 체육 쌤은 아이들을 째려보며 이렇게 말했다.

"엄살은."

'뭐래. 엄살 아니거든요.'

그렇게 확 쏘아붙이고 싶었지만 실은 그럴 기운도 없었다. 옛날에는 생리통 때문에 수업을 빠지면 병결 처리했다고 하던데 지금은 학교에서 생리 결석계를 받아 준다. 덕분에 한 달에 하루는 집에서 쉬기도 하지만 생리통이 하루 이상 이어지면 보건실에 가는 수밖에 없다. 나를 비롯해 생리통이 심한 몇몇 아이들은 보건실 단골손님이다. 보건실 문을 열 때마다 침대에 누워 있는 아이들을 슥 둘러보게 된다. 통증으로 바싹 마른 입술을 질끈 다물고 있는 잿빛 얼굴들을 볼 때면 짙은 동질감을 느낀다.

2교시는 과학이라 친구들과 함께 과학실로 향했다. 여름을 싫어하는 채희는 과학 시간을 좋아한다. 과학실의 돌바닥 냉기가 시원해서 좋다나 뭐라나. 다행히 나는 수다스러운 채희가 아닌 조용한 지인과 같은 실험조다. 병렬과 직렬연결 실험을 얼른 끝내 놓고 수학 문제집을 펼쳤다. 책장이 차르르 넘어가다가 중간에서 딱 멈췄다. 책장 사이에 반으로 접힌 종이 쪽지가 꽂혀 있다. 뭐지? 내가 끼워 둔 건가?

쪽지를 천천히 펼쳤다. 그 안에 적힌 글자가 까꿍, 하고 나를 반긴다.

'지 혼자 완벽한 척, 깔끔한 척. 밥맛없어.'

나는 허둥지둥 쪽지를 다시 반으로 접어 문제집 사이에 넣었다. 그러고는 주변을 두리번거렸다. 누가 이런 짓을 한 거지? 대체 왜? 완벽한 나의 세계에 금이 가는 소리가 웅장하게 울려 퍼진다. 끄으으윽, 우르릉, 쾅!

교실로 돌아가는 내내 생각했다. 생각하고 또 생각했다. 대놓고 나를 디스한 사람이 누구인지 알아야겠다. 이런 메시지를 나한테 날린 이유가 뭔지 직접 들어야겠다. 모든 것을 명명백백 밝히겠다는 의지로 나는 불타올랐다.

첫 번째 용의자, 민-송 커플의 송이. 쉬는 시간마다 이어지는 그들의 속닥거림을 참다못해 딱 한 번 뒤를 돌아봤다. 그때 송이와 눈이 딱 마주쳤다. 송이는 내가 왜 뒤를 돌아다봤는지 짐작한다는 듯이 귀여운 눈웃음을 지어 보였다. 나는 뚱한 표정을 풀지 않은 채 고개를 돌렸다. 그 순간 웃었어야 했나? 자기는 민망함을 누르고 웃어 줬는데 내가 냉담한 반응을 했다 이건가? 아니면 그냥 죽 참고 뒤를 돌아보지 말았어야 했나?

아니다. 송이는 내게 이런 쪽지를 보낼 이유가 없다. 예로부터 적은 가까이에 있다고 했다. 범인은 나와 꽤 가까운 사람이다. 내가 완벽하고 깔끔한 세계를 좋아한다는 것을 누구보다도 잘 아는 사람. 내 가방에 쉽게 접근할 수 있는 사람. 그래서 내 수학 문제집에 버젓이 쪽지를 끼워 둘 수 있는 사람.

교실에 도착한 순간 미끄덩거리는 무언가가 쑥 나오는 느낌에 눈을 크게 떴다. 책과 필통을 책상 위에 내려놓고는 쭈뼛쭈뼛 화장실까지 걸어갔다. 팬티를 내리자마자 입에서 욕이 튀어나왔다. 아침부터 아랫배가 살살 아프더니 결국 생리가 터졌다. 아차차. 생리대가 들어 있는 파우치는 학원 가방에 있는데! 나는 손바닥으로 이마를 한 대 팍 쳤다. 짝, 하는 소리가 화장실에 울려 퍼졌다. 진심으로 빡칠 때마다 하는 행동이다.

"유나야, 왜 그래?"

종종걸음으로 화장실로 향하는 나를 보고 지인이 따라온 모양이다.

"지인아, 그거…… 없지?"

나는 '그거 있어?'라고 묻는 대신 '그거 없지?'를 택했다. 아직 생리를 하지 않는 지인에게 상처를 줄까 봐 걱정스럽다. 지인이 걱정된다면 생리대를 잘 챙겨 다녔어야지, 이것아. 지인의 앞에서 절대 꺼내면 안 되는 금기어를 입 밖으로 내뱉고야 만 스스로를 책망했다.

"그거? 아, 그거."

뒤늦게 '그거'의 뜻을 알아차린 지인이 재빨리 덧붙였다.

"채희한테 빌려 볼게."

지인의 말이 끝나기 무섭게 수업 준비 종이 울린다. 지인이 생리대를 빌리러 갈 시간도, 내가 지인을 기다릴 시간도 없다.

"됐어."

"어떡하려고?"

하는 수 없지. 두루마리 휴지를 돌돌 말아 팬티 위에 올렸다. 휴지가 밖으로 빠지지 않도록 팬티를 타이트하게 잡아당겼다. 손을 재빨리 씻은 뒤 화장실을 튀어나갔다.

"뛰자."

3교시는 수학이고 수학 쌤은 깐깐하기로 유명하다. 지각을 하거나 잘못 걸렸다가는 벌점이다. 벌점이 무서운 건 아니지만 가급적 벌점을 남기고 싶지 않아 신경이 쓰인다.

다행히 우리는 수학 쌤이 들어오기 직전 교실에 들어서는 데 성공했다. 수학 쌤이 칠판에 그래프를 그려 나가는 동안 나는 노트에 글자를 끼적였다.

'이 멍청아. 파우치를 빠트리면 어떡해. 앞으로는 가방마다 생리대 파우치를 넣어 두자. 알았지?'

수업이 귀에 들어오지 않는다. 하필 지금 이 타이밍에 생리혈이 덩어리로 나오지는 않겠지? 채희한테 생리대가 있겠지? 만약 없으면 보건실로 가면 되겠지? 보건실에 가는 동안 휴지가 빠져나오는 불상사가 벌어지진 않겠지? 이미 팬티와 체육

복 바지가 벌겋게 물든 건 아니겠지?

쉬는 시간을 알리는 종소리가 구세주의 음성처럼 들렸다. 나는 채희한테 달려갔다.

"채희야, 채희야, 채희야."

숨이 꼴딱 넘어가는 목소리와 함께 나는 애써 귀여운 표정을 지었다. 애교 유전자가 1도 없는 내가 이런 표정을 짓는 이유는 하나뿐이라는 걸 재빠르게 간파한 채희는 가방을 주섬주섬 뒤졌다.

"아하, 코카콜라?"

"응, 응."

채희가 내민 파우치를 날름 받아 화장실로 향했다. 후다닥 달려가고 싶었지만 그러면 휴지가 움직일까 봐 빠른 걸음을 택했다.

생리를 뜻하는 암호는 다양하다. 어떤 애는 '그날'이라고 부르고 어떤 애는 좀 올드하게 '매직'이라는 말을 쓰고 어떤 애는 "지금, 빨간불이 켜졌어."라고 말한다. 채희는 '코카콜라'라는 암호를 좋아한다. 코카콜라의 빨간색이 생리를 떠올리게 하고 보통 생리로 1년에 500밀리리터짜리 콜라 한 병 정도의 피를 흘리니까 딱이라나 뭐라나.

지구상에 자궁을 가진 사람이 35억 명 정도 되는데 그 가운데 17퍼센트 정도가 생리를 한다. 다시 말해 6억 명 가까운 사람들이 매달 생리를 겪는 거다. 그중 절반 이상인 3억 명이나 되는 사람들이 매달 생리통을 겪는다.

어떻게 그렇게 잘 아냐고? 이게 다 채희 때문이다. 채희는 날마다 생리에 관한 이야기를 늘어놓는다. 귀에 못이 박히도록 말이다. 게다가 채희의 블로그는 온통 생리와 관련된 복잡한 통계 수치들로 가득하다. 그래서 우리끼리 채희를 이렇게 부른다. 빨강 박사님.

수업이 끝난 후 채희, 지인과 함께 단골 분식집에서 떡볶이를 나눠 먹었다. 학원 수업이 유일하게 늦게 잡힌 날이라 셋이 머리를 맞대고 앉아 마음껏 수다를 떨었다. 과학 수행 평가에 대한 얘기를 나누는데 채희가 불쑥 물었다.

"있지, 이번 주 토요일에 바빠?"

나는 떡볶이 국물이 옷에 튀지 않을까 집중하며 무심한 목소리로 대꾸했다.

"별일 없어. 왜?"

"아빠 출장 가거든. 우리 집에 모이자."

지인이 알았다는 듯 고개를 끄덕였고 채희가 재빨리 덧붙였다.

"파자마 모임 하려고. 어때?"

지인이 싱그럽게 미소 지었다.

"정말? 좋아!"

덩달아 배시시 웃으며 채희가 나를 바라봤다.

16

"완전 설레지?"

그 말에 내가 좀 비꼬는 말투로 쏘아붙였다.

"곧 기말고사인데 윤채희 씨는 시간이 남아도시나 보네? 참 좋겠어."

아마도 채희는 내 말의 속뜻을 금방 알아차렸을 거다. 눈치가 빠른 애니까. 아무리 생각해도 이해가 안 간다. 학원도 가장 적게 다니고 맨날 생리에 정신이 팔려 있는 채희가 나보다 성적이 좋다는 사실이.

"왜 그래. 내가 영어 기출 문제 콕 집어 줄게."

채희가 몸을 배배 꼬면서 내 팔에 팔짱을 꼈다. 그러면서 강아지 신음 소리를 흉내 냈다. 풀이 죽어 낑낑거리는 강아지 소리에 나는 피식 웃어 버렸다. 채희가 흉내 내는 강아지 소리에 나는 유독 약하다.

채희가 벌떡 일어나더니 "오늘은 내가 쏜다!"라고 말했다. 떡볶이, 순대, 튀김에다가 김밥까지 잔뜩 먹은 터라 돈이 꽤 나왔을 텐데.

학원 수업을 듣고 집에 오니 밤 열한 시였다. 씻고 누웠지만 잠이 오지 않았다. 침대 위에 책상다리를 하고 앉아 책상 위를 노려봤다. 눈앞에서 문제집 책장이 저절로 넘어갔다. 문제집이 잘못 먹은 음식을 게워 내는 아이처럼 접힌 종잇조각을 퉤, 뱉어 냈다. 나를 겨냥한 문구가 파박 떠오르자 머리끝까지 열이 뻗쳤다.

두 번째 용의자, 윤채희. 의심스러운 점이 한두 가지가 아니다. 우선 채희는 시간이 많다. 학원도 딱 하나 다닌다. 게다가 채희와 나는 같은 수학 학원을 다닌다. 그런데 그 쪽지는 수학 문제집 사이에 있었다. 뭔가가 짚인다. 갑자기 분식값 계산을 한 것도 아주 찜찜하다. 평소 채희는 돈을 잘 가지고 다니지 않는데 왜 떡볶이를 쏜다고 설쳤을까. 나한테 쪽지를 끼워둔 사실이 켕겨서 제 발 저린 거?

단서가 필요하다. 라면 봉지를 뜯고 채희의 블로그에 접속했다. 역시나 새 글이 올라왔다. 바삭하게 튀겨진 면에 스프를 솔솔 뿌려 까드득까드득 씹으며 글을 읽는다.

건강한 여성의 경우 평균 35~37년 동안 생리를 한다고 해요. 평생 흘리는 피를 따져 보면 약 16리터에 달하고요. 이 양은 우리 몸 전체 혈액의 3배 정도. 여자들은 한 달에 한 번, 평균 5일씩 피를 흘리죠.
저는 생리앱으로 생리 주기를 체크해요. 생리 주기가 갈수록 제멋대로라 좀 걱정이긴 한데 생리통이 심하지 않은 편이라 다행이라 생각해요. 저는 생리에 대한 지식이 많은 편이지만 그렇다고 불안감이 없는 건 아니에요. 아는 게 많기에 남들보다 걱정이 더 많으면 많았지.
언제 생리가 터질지 모르니 항상 생리대, 탐폰, 순한 물티슈를 챙겨 다녀요. 탐폰을 쓰지 않는 애들이 많지만 저는 탐폰을 추천하고 싶어요. 발암 물질이 있다고 하지만 그거야 일회용 생리대도 마찬가지니까요. 매번 손빨래를 해야 하는 면 생리대는 너무 번거로워 못 쓰겠어요. 탐폰은 진짜 신세계예요. 일회용 생리대처럼 축축하지 않고 활동하기에 훨씬 편해요.

책을 읽다가 이런 문장을 발견했는데 읽고 온몸에 소름이 돋았어요.

"뇌 조직은 만족할 줄 모른다. 임신 말기 석 달 동안 태아의 뇌는 폭발적으로 성장하면서 탯줄을 통해 아기에게 들어가는 총 에너지 중 거의 4분의 3을 사용한다. 탯줄이 긴 소시지처럼 그렇게 굵은 것도 놀랄 일은 아니다. 아기의 뇌는 무언가를 먹어야 하며, 그것은 피다."

자궁을 채운 생리혈은 임신을 할 경우 태아의 뇌 성장에 쓰인다는 말! 내가 소중한 만큼 자궁도, 생리도 소중한 거구나. 그런 확신이 들어요. 그러니까 누가 뭐라든지 세상에서 가장 애틋하고 자랑스러운 사람인 나를 더 아껴 줘야겠어요.

생라면을 오도독 씹으면서 댓글창으로 내려갔다. 댓글 중 성별이 남자로 짐작되는 사람들의 문장을 읽는 동안 채희의 눈썹이 꿈틀거렸을 것 같다. 지금의 나처럼.

— 그래서 어쩌라고.

— 비위 상하게 님은 왜 맨날 생리 타령?

— 이 생리충은 말이 존나 많네.

생리통이 훅 밀어닥친다. 몸을 구부려 동그랗게 말면서 침대로 쓰러진다. 홧홧한 열감이 온몸을 사로잡는다. 마치 지옥의 불구덩이에 있는 느낌이다. 피곤한 몸으로 블로그까지 봤는데 단서는커녕 생리 얘기만 잔뜩 읽다니. 분하다. 단서를 찾으려면 채희를 만나 집요하게 추궁해야겠다. 그게 가장 정확하고 빠르다.

아침에 눈을 뜨자마자 이불을 확인했다. 생리혈이 새지 않았다! 나는 두 팔로 만세를 하며 쾌재를 불렀다.

28일 전에 어떤 일이 벌어졌는지 생각하면 끔찍하다. 지난번 생리 둘째 날에 엄청난 양의 생리혈이 나왔고 팬티, 바지는 물론이고 이불까지 적셨다. 그 꼴을 두고 나올 수 없어 지각 벌점을 각오하고 빨았다. 평소 버리는 칫솔에 비누를 묻혀 생리혈을 닦곤 했는데 그날따라 자국이 잘 지워지지 않았다. 생리통으로 허리가 끊어질 것 같았지만 권유나 사전에 대충이란 있을 수 없는 일이었다. 갈색 얼룩이 흐려질 때까지 천을 비벼 빨다가 문득 이러려고 태어났나 싶어 괴로웠다.

아침의 상쾌하던 기분은 학교에 들어서자마자 곤두박질쳤다. 발신 추적 불가인 종이쪽지 때문일까? 기말고사가 코앞으로 다가왔기 때문일까? 아니면 점점 심해지는 생리통 때문일까?

요즘의 나는 내가 봐도 이상하다. 어떤 날은 종일 말을 하고 싶고 어떤 날은 종일 입도 뻥긋하고 싶지 않다. 어떤 날은 친구들이 좋아 죽겠고 어떤 날은 둘 다 꼴도 보기 싫다. 어떤 날은 아무것도 안 해도 실실 웃음이 나오고 어떤 날은 너무 슬퍼서 눈물을 펑펑 흘리고 싶다.

생리통 때문에 미쳐 가나 봐. 생리 기간이 길어져 기말 준비에 악영향을 끼치면 어쩌나. 거기까지 생각이 닿자 미치도록 불안해져 손톱을 물어뜯고야 말았다. 몇 달째 손톱을 물어뜯지 않으려고 스스로를 몰아붙인 걸 홀라당 까먹고는.

깨끗하고 완벽한 나의 세계에는 여러 겹의 문이 있다. 가장 안쪽 문에는 가족이, 그다음 문에는 보령이, 그다음 문에는 지인, 채희가 있다. 지인과 채희가 보령이 있는 문으로 들어오려면 까다로운 조건들이 필요하다. 무엇보다도 긴 시간이 말이다. 시간과 우정에 한해서 나는 꽤 보수적이다. '친구'의 한자어 중 '구'는 '옛 구(舊)'다. 친구라는 단어 안에 '오랜 시간'이라는 개념이 포함되어 있는 것이다. 참고로 한문은 내가 가장 좋아하는 과목 중 하나다. 획수와 부수가 정확하게 떨어지는 세계는 언제나 마음을 편하게 해 준다. 게다가 한자는 한글만큼이나 아름답다.

기다리던 한문 시간이 오전에 있는데도 기분이 나아지지 않는다. 여전히 쪽지의 범인을 생각하고 있다. 대체 누굴까. 누가 나를 그렇게 재수 없어 하는 걸까. 이제 누구도 믿을 수 없다. 도덕 시간에 성선설과 성악설에 대해 배웠을 때 나는 줄곧 성선설이 옳다고 생각했다. 순수한 눈망울을 가진 아기들에게 '악'을 갖다 붙일 수 없다고 생각했다. 그런데 한비자가 옳았다. 사람은 절대 선하지 않다. 이렇게 악해 빠졌는데 태어나면서부터 선했을 리가 없다!

세 번째 용의자, 박지인. 자타 공인 착해 빠진 아이다. 성격과 인품이 겁나 좋다. 그렇다고 용의선상에서 제외할 수는 없다. 사람 일은 모르는 거니까. 앞과 뒤가 다른 인간이 얼마나 많은가?

지인이 의심스러운 이유가 몇 가지 있다. 우선 지인은 나와 가장 많은 시간을 보내는 사람이다. 다니는 학원도 하나 빼고 다 겹친다. 게다가 며칠 전 수학 문제집을 지인한테 빌려준 적이 있다. 가장 중요한 포인트. 과학실로 향하기 전 화장실에서 손을 씻느라 잠깐 책을 맡긴 사람이 바로 지인이다. 그 사이에 지인이 미리 준비해 둔 쪽지를 문제집에 끼워 둔 거 아닐까?

점심을 대충 먹고 정원 벤치로 갔다. 소화를 시키며 해바라기를 하는 시간. 옆에 앉아 순한 양처럼 눈을 껌뻑이는 지인을 힐끗 보다가 취조를 시작했다.

"나 완전 멘붕이야."

내 말에 지인이 눈을 동그랗게 떴다.

"왜?"

22

"누가 나 미워하나 봐."

자초지종을 말하기 전에 살짝 지인을 떠봤다. 지인의 커다란 눈망울이 흔들림 없이 나를 마주 본다.

"내 욕이 적힌 글을 봤어. 이제 누굴 믿어야 할지 모르겠어."

투명하고 거짓 없는 깨끗한 눈빛이 나를 차분히 들여다본다.

"나랑 채희 있잖아."

지인이 내 어깨를 부드럽게 도닥이며 말했다.

"채희 아니겠지?"

지인의 어리둥절한 표정.

"무슨 소리야?"

"내가 채희 구박 좀 했잖아. 채희가 나 미워하면 어쩌나 해서."

지인이 아이처럼 웃으며 고개를 살며시 기울였다.

"내가 보기엔 나보다 채희가 너를 더 좋아하는 것 같던데?"

"그래?"

정말일까? 무슨 근거로 지인은 이런 말을 하는 걸까? 연기처럼 피어나는 의심을 거두지 못하고 있는데 누가 지인을 불렀다. 작년에 지인과 같은 반이었던 아이다. 지인이 "잠시만." 하고는 그 애 곁으로 갔다. 지인이 아끼는 수첩이 덩그러니 벤치에 남았다. 나는 망설이지 않았다. 지인의 수첩을 손에 냉큼 말아 쥐고 벌떡 일어났다.

가끔 땡땡이를 치는 선배들의 아지트로 달려갔다. 가쁘게 숨을 몰아쉬며 옥상 문을 열었다. 강하게 내리쬐는 여름 햇볕 아래에 서서 나는 허겁지겁 지인의 수첩을 펼쳤다. 지인은 글쓰기를 좋아한다. 휴대폰 메모장을 놔두고 왜 귀찮게 수첩을 사용하느냐고 물었더니 자기는 직접 손으로 글을 쓰는 게 더 좋다고 했다. 만약 지인이나 채희가 나를 미워하고 있다면 이 수첩에 분명 단서가 있을 것이다.

왜 나만 생리를 하지 않을까. 왜 내 자궁만 콱 막혀 있는 걸까. 나 빼고 반 아이들 모두 생리를 하는 것 같던데.
유튜브에서 이런 영상을 본 적 있다. 외국 사람이 올린 영상이었는데 다른 아이들보다 초경이 늦은 한 여자아이가 초경 파티를 하고 싶어서 빨간 물감을 팬티에 묻힌다. 물감을 생리로 착각한 엄마는 기뻐하며 초경 파티를 준비한다. 화려한 파티 속에서 주인공은 미묘한 얼굴로 주변을 둘러본다. 즐거운 듯도 보이지만 한편으로는 불안해 보인다. 영상을 보며 잠깐 고민했다. 나도 거짓말을 할까?
그렇지만 막상 초경을 하게 되면 축하 받고 싶지 않을지도 모른다. 그저 혼란스럽고 거창한 축하 파티가 부담스러울지도 모른다. 매달 생리를 하게 되면 귀찮을 수도 있겠지. 다시 생리를 하지 않던 시절로 돌아가고 싶을지 누가 알겠는가.
그래도 부럽다. 수련회를 앞두고 생리가 겹치지 않는다고 아이들이 환호할 때, 같은 기간에 생리를 하는 아이들이 손을 마주 잡으며 '생리 의리'를 외칠 때, 시험 기간과 생리 주기가 겹칠까 봐 전전긍긍할 때, 수줍은 얼굴로 은밀하게 생리대를 빌려줄 때, 생리통이 심해 보건실로 저벅저벅 걸어갈 때, 생리 기간이라 말하고는 체육 시간에 농땡이를 칠 때, 완전 부러웠다.

"비 오고 습한데 체육이야. 거기에 생리 빡 터져 봐." 그 말에 아이들이 "대박!"이라고 말할 때 얼마나 맞장구치고 싶었는지 모른다. "나 오늘 둘째 날. 홍시 터진 줄."이라는 말에 아이들이 나뭇잎 위를 또르르 굴러가는 물방울처럼 까르르 웃을 때 함께 웃고 싶다.

한번은 유나를 비롯한 아이들이 우르르 몰려가 체육 실기 시험을 미뤄 달라고 할 때 따라갔다. 유나 뒤에 멀뚱히 서 있는 나를 힐끗 보며 체육 쌤이 말했다. "너도? 알았으니까 일단 가서 쉬어." 환호성을 지르는 아이들 사이에서 나는 난감했다. 내가 생리 중이라고 오해한 체육 쌤에게 진실을 말해야 하나 말아야 하나 고민했다. 왜 나만 이렇게 찜찜해해야 하는지 씁쓸했다.

그래도 유나와 채희가 있어 다행이다. 각자 다른 매력이 있는 아이들을 만난 덕분에 심심하지도, 외롭지도 않다. 운이 좋았다고 생각한다. 좋은 친구들을 만나 감사합니다.

마지막 문단이 쾅 하는 소리와 함께 무지막지하게 확대된다. 지인은 범인이 아니구나. 후련함 반 스푼, 미안함 반 스푼을 담아 수첩을 덮는다. 그러고는 교실로 질주한다. 지인이 도착하기 전에 교실에 닿아야 한다. 다다다닥, 달리는 소리가 외롭게 귓가에 울려 퍼진다. 세이프! 지인의 책상 위에 최대한 자연스럽게 수첩을 떨군다. 몇 초 후 지인이 수업 종소리와 함께 교실로 들어선다.

종례를 목이 빠져라 기다리는 찰나, 채희가 큰 목소리로 외쳤다.

"생리 터졌나 봐."

내가 앞자리에 앉은 채희의 어깨를 살짝 쳤다. 채희가 뒤를 돌아다봤고 나는 손가락을 입술에 갖다 대며 "쉿." 하고 주의를 줬다. 하지만 빨강 박사님은 순순히 내 뜻을 따라 줄 생각이 없어 보였다.

"탐폰이 어딨더라?"

시끄럽던 반 분위기가 일순 조용해졌다. 여자애들이 "왜 저래?"라고 말했다. 남자애 몇이 어이없다는 얼굴로 채희를 힐끔거렸다. 채희가 파우치에서 탐폰을 챙겨 당당히 일어서자 한 남자애가 아니꼽다는 얼굴로 채희 앞에 섰다.

"너 지금 생리하는 거 자랑하냐?"

"어, 맞아."

"야!"

"왜!"

채희는 두 눈을 부릅뜨며 허리춤에 두 손을 올렸다.

"한마디만 하자."

채희가 남자애 얼굴에 바짝 자기 얼굴을 들이밀고는 툭 말을 던졌다.

"생리가 없었다면 넌 태어날 수도 없었어."

채희가 남자애 어깨를 밀친 뒤 담담한 얼굴로 교실을 빠져 나갔다. 여자애들이 "윤채희, 대박!" 하면서 까르르 웃었고 남자애 몇 명이 입술로 휘파람을 불어 댔다.

종례 후 학교 후문에서 학원 차를 기다렸다. 편의점에서 아이스크림을 물고 나왔다. 윤채희 때문에 속이 끓어올랐다. 그것도 모르고 채희는 실실 웃으면서 전봇대 옆으로 다가왔다.

"오늘도 나만 자유네."

도저히 참을 수 없어 나는 입을 열기로 마음먹었다. 아이스크림을 든 손을 내리고 나는 고개를 빳빳이 들어올렸다.

"윤채희, 적당히 좀 해."

"뭐가?"

"아까 여자애들 당황하는 거 못 봤어?"

"그랬어?"

채희가 무심한 얼굴로 지인을 바라봤고 지인이 천천히 고개를 주억거렸다.

"니들도 생리가 부끄러워?"

채희의 물음에 나는 곧바로 받아쳤다.

"지금 그 말이 아니잖아."

"아냐. 그 말 맞아."

채희의 단호한 목소리에 나는 한숨을 푹푹 내쉬면서 고개를 내둘렀다. 그사이 학원 차가 도착했다. 차에 올라타는 내 뒤통수에 대고 채희가 외쳤다.

"차가운 거 안 좋아. 생리통에."

남이야 차가운 거 먹든 말든. 지는 지 하고픈 대로 다 하면서. 차 문을 닫으려는데 채희가 다시 목청을 높였다.

"토요일 모임, 올 거지?"

나는 대꾸조차 하지 않았다. 지인이 나 대신 희미하게 웃으며 고개를 까닥했다. 채희는 한 번 더 신신당부했다.

"유나 너도 꼭 와야 해. 알았지?"

으휴, 저 고집불통 빨강 박사. 나는 남은 아이스크림을 우적우적 씹어 먹었다. 학기 초, 채희가 수행 평가 모둠에 합류하면서 친해질 때까지만 해도 채희를 만만하게 봤다. 그런데 채희의 첫 시험 성적을 알게 된 나는 깜짝 놀랐다. 얄미운 기지배. 수학 학원에서 내가 잠깐 편의점에 갔다 온 틈을 타 쪽지를 끼워 둔 거 아닐까? 의심의 눈초리를 거둘 수가 없다. 남은 용의자는 이제 딱 한 명이다. 너, 윤채희.

모처럼 학원 수업이 없는 날이라 도서관에서 공부를 하려고 했는데 엄마가 심부름을 시켰다. 엄마가 일하는 백화점으로 향하는 버스를 탔다. 맨 뒷좌석에 앉아 생리 플레이리스트를 재생시켰다. 생리통이 심할 때마다 좋아하는 음악을 듣는다. 음악을 듣는 게 무슨 도움이 될까 싶지만 그렇지 않다.

해가 기울기 시작하는 어스름한 시각에 가장 좋아하는 음악을 듣고 있으니 잠시지만 행복했다. 창밖을 멀거니 바라봤다. 버스가 턱을 넘을 때마다 몸이 꿀렁이지만 그것마저도 기분 좋게 느껴졌다. 완벽한 건 좋은 거고 얼마 전까지만 해도 내 삶은 완벽했다. 그런데 지금은 그렇지 않다. 누군가 나를 미워하고 있다. 어쩌면 내 세계를 완벽하게 채우고 있던 친구들 중 하나일지도 모른다. 그런데 나는 그 사람이 누구인지 여전히 모른다.

버스가 정류장에 잠깐 섰을 때 입술을 질끈 깨물었다. 생리통이 다시 시작되었다. 통증으로 몸이 활활 타올랐다. 열감이 심해지고 밑이 빠질 것처럼 아팠다. 뜨거운 가마솥에 올라탄 것 같았다. 갑자기 거기에서 미끄럽고 뜨거운 덩어리가 쑥 나왔다. 나는 얼굴을 잔뜩 구겼다.

버스가 백화점 앞에 섰다. 배를 한 손으로 움켜쥐면서 내렸다. 백화점에 들어가면, 시원한 냉기를 맞으면, 향기로운 화장품 냄새를 맡으면 괜찮아질 거야. 그렇게 스스로를 달래며 백화점으로 걸어갔다. 아랫배에서 생생하게 올라오는 통증을 무시한 채 엄마가 일하는 지하 식당가로 가야 한다는 생각에만 집중했다.

칼로 찌르는 듯한 통증에 배를 부여잡았다. 식당가에 퍼져 있는 음식 냄새에 속이 뒤틀렸다. 무언가를 게워 내고 싶은 욕구가 발딱 일어났다. 비틀비틀 걷고 있지만 정신이 하나도 없었다. 눈앞이 조금씩 하얗게 번졌다. 시야가 흐릿했다. 숨이 가빠졌다. 다리가 흐느적거렸다. 슬로모션이 걸린 것처럼 몸이 천천히 앞으로 쓰러졌다. 그리고 암전.

잠시 뒤 정신이 들었을 때 깨달았다. 내 몸은 차가운 바닥에 닿아 있었다. 제발 도와 달라고 외치고 싶지만 입을 열 수조차 없었다. 홀로 감옥에 갇힌 기분이었다.

"괜찮으세요?"

그 순간 목소리가 들렸다. 덜컥 안심이 되는 부드러운 목소리. 그리고 손길도 느껴졌다. 내 등에 그 사람의 손이 닿았다.

"저, 화장실 좀."

나는 간신히 상체를 일으키며 말했다. 곧 토할 것 같은데 백화점 바닥에 하고 싶지 않았다. 권유나의 완벽한 세계에 그건 있을 수 없는 일이다. 그 사람이 나를 부축했다. 나도 있는 힘을 다해 일어섰다. 사람들이 있는 이곳에 토를 하면 안 된다는 생각에 정신이 번쩍 들었다. 앞이 흐릿했지만 그 사람의 손길에 의지해 걸었다.

무사히 화장실에 도착하자마자 변기에 머리를 박고 속을 게워 냈다. 그러고는 변기 옆으로 다시 쓰러졌다. 기운이 하나도 없었다. 그 사람이 내 머리를 들어 자기 허벅지 위에 올렸다. 그러면서 안타까운 목소리로 계속 말했다.

"어떡해."

날카로운 고통이 다시 들이닥쳤다. 나는 몸을 동그랗게 말았다. 두 손으로 배를 부여잡고 몸을 부르르 떨었다. 식은땀이 흐르고 몸이 차갑게 식어 갔다. 몹시 추웠다.

"혼자 오셨어요?"

여자 화장실에 남자 목소리가 울려 퍼졌다. 눈을 게슴츠레 떠 보니 나를 도와준 사람이 백화점 보안 요원을 부른 모양이었다. 나는 작은 목소리로 "엄마, 김밥." 같은 단어를 말했고 그 사람이 찰떡같이 알아들었다. 김밥을 말다가 엄마가 달려왔다.

"유나야."

엄마의 흐느끼는 목소리. 저체온증을 걱정하는 어떤 사람의 목소리. 보안 요원에게 담요를 부탁하는 목소리. 부스럭거리는 소리. 얇은 비닐 같기도 하고 은박지 같기도 한 무엇이 몸을 감싸는 소리.

보안 요원이 가져온 휠체어에 나는 몸을 실었다. 백화점 밖에 대기 중인 택시 뒷좌석에 엄마와 함께 올라탔다. 내 몸은 엄마 다리 위로 다시 쓰러졌다. 산부인과가 문을 닫기 직전 아슬아슬하게 도착했다.

"얘가 토를 하고 쓰러졌어요."

엄마의 떨리는 목소리 뒤로 이어진 의사의 목소리는 건조했다.

"생리통으로 토하는 애들 많아요."

의사는 진통제를 처방하며 덧붙였다.

"이부프로펜이 함유된 진통제 처방해 줄 테니까 먹어 봐요. 내성 없으니까 걱정 말고. 그것도 안 들면 더 센 진통제 처방받아요. 진통제는 미리 먹어야 해요. 생리통 시작되고 나서 먹으면 늦어요."

집까지 어떻게 왔는지 기억나지 않는다. 그저 나는 아주 깊은 잠을 잤다. 그날은 물론이고 그다음 날까지 줄곧 잤다. 움직일 기운도 없었고 밥도 먹고 싶지 않았다.

자다가 중간중간 꿈을 꾸기도 했다.

꿈에서 나는 지저분한 바닥에 쓰러진다. 오물이 가득한 바닥일 때도 있고 진창 같은 늪일 때도 있다. 나는 진저리를 내며 그곳을 벗어나고 싶어 하지만 몸이 말을 듣지 않는다. 아무도 없어요? 혼자라는 사실이 무섭고 서럽다. 아무리 몸부림쳐도 이 차갑고 더러운 바닥을 벗어나지 못할 것 같아 낭패감이 밀려온다. 언제까지나 혼자일 거라는 불길한 예감. 그 순간 따스한 기운이 다가온다. "괜찮으세요?" 나를 도와주었던 그 사람의 목소리다. 흐느껴 울고 있는 내 어깨를 다부지게 잡아 주는 그 손길에 안도감이 든다. 얼굴이 기억나지 않는다. 그래서 그 사람은 내게 목소리로만 존재한다. 어떻게 생겼을까. 얼굴이 궁금하다. 그런 생각을 하며 나는 비로소 꿈에서 벗어났다. 흠뻑 젖은 베개를 만지작거리다가 나는 몸을 일으켜 세웠다.

금요일 저녁 지인과 통화를 했다. 지인은 결석 중인 내 몸 상태를 걱정하다가 파자마 모임 이야기로 화제를 옮겼다.

"유나야, 내일 올 수 있겠어? 다음으로 미룰까?"

"아냐. 갈 수 있어."

뭔가를 망설이는 듯 잠깐 머뭇거리다가 지인이 물었다.

"너를 욕한 글 말이야. 포스트잇 같은 데 적혀 있었어?"

"아니. 그냥 종이에."

"글씨체가 어땠어?"

내 기억이 맞다면 글씨는 삐뚤빼뚤했다. 일부러 그랬겠지. 왼손잡이라면 오른손으로, 오른손잡이라면 왼손으로 쓴 글씨였다.

"다섯 살 애기 글씨였어."

내 대답을 듣고 지인이 다시 물었다.

"특이한 건 없었어?"

특이한 거? 그제야 나는 맨 위 서랍을 열고 그 안에 고이 잠자고 있던 쪽지를 꺼내 펼쳤다. 뭔가 역겨운 것이 담긴 비닐봉지를 여는 사람처럼 눈을 게슴츠레하게 뜬 채 쪽지를 봤다. 어라? 눈을 키우며 쪽지를 눈앞으로 끌어당겼다.

펜 색깔이 특이하잖아. 이걸 어디에서 봤더라. 그래, 그거다. 터키블루! 파란색과 하늘색을 섞은 듯한 묘한 색감. 영어 학원을 같이 다니는 단짝 보령이 자랑했었다. 아빠가 출장 갔다가 스웨덴에서 사 온 펜이라고. 내가 코발트블루와 헷갈려 하니까 너 색맹이냐고 놀려 댔었지.

"누군지 알겠어."

몸이 아직 덜 회복됐지만 나는 옷을 갈아입고 밖으로 나갔다. 보령의 집 근처 놀이터에서 무작정 기다렸다. 금요일이니 보령은 과학 학원에 갔다가 이 놀이터를 지나 집으로 갈 것이다.

멀리서 보령이 모습을 드러냈다. 보령이 나를 발견하고는 멋쩍은 미소를 날렸다. 느닷없이 불어온 바람에 보령의 하복 치마가 부풀어 오르다가 가라앉았다. 어스름한 가로등 아래 보령과 나는 마주 보고 섰다.

"권유나, 웬일이야?"

많은 말이 입안에 맴돌았지만 어떤 말도 선뜻 내뱉을 수 없었다. 나는 골프 선수가 바람을 읽듯이 오래도록 말없이 서서 보령을 바라봤다.

"왜 그랬어?"

보령의 눈동자가 흔들렸다. 너 맞구나. 심장이 쿵 내려앉았다. 보령은 침묵을 지켰다. 반드시 대답을 들어야겠다는 마음과 듣고 싶지 않다는 마음이 뒤섞여 일렁였다. 나는 잠깐 보령을 노려보다가 맥없이 몸을 돌렸다. 길가까지 묵묵히 걸었다.

보령과 함께 쌓아 올린 시간의 힘을 믿었다. 시간이 우정을 단단하게 해 줄 거라고, 그래서 보령과의 우정은 늘 변하지 않을 거라고 생각했다. 시간이 속절없이 우정을 부술 수 있다고 한 번도 생각하지 못했다니. 이 바보탱이. 곧 사라질 것처럼 위태롭게 깜빡이는 신호등 불빛을 뚫어져라 바라보며 마지막 인사를 건넨다. 굿바이, 나의 옛 친구 최보령.

우리는 채희 집을 점령했다. 편안한 옷으로 갈아입고 치킨과 피자를 먹어 치웠다. 민 - 송 커플 이야기를 하다가 웹 드라마 남주 이야기에 열을 올리는 사이 콜라 한 통을 다 비웠다. 그러고는 채희 방으로 우르르 들어가 침대 위에 편한 자세로 눕거나 앉았다. 채희와 지인은 생리통으로 쓰러진 일부터 물었다. 어찌나 꼬치꼬치 캐묻는지 진땀이 났다.

"토까지 하고, 백화점 보안 요원 뜨고, 난리도 아니었어."

두 사람은 화들짝 놀랐고 나는 침착하게 이야기를 마쳤다.

"지금은 괜찮은 거지?"

걱정이 가득 담긴 지인의 물음에 나는 입꼬리를 올렸다.

"응. 괜찮아. 이번에 받은 진통제가 잘 맞나 봐."

"생리 때마다 아이스크림을 빨더니만."

채희는 혀를 끌끌 찼다. 채희의 잔소리 폭격이 이어졌다. 아랫배를 따뜻하게 해야 한다, 하체와 배를 조이는 옷은 안 된다, 찬 음식은 절대 안 된다 등등⋯⋯. 생리통에 좋은 잠옷, 습관, 음식을 숨도 쉬지 않고 내뱉었다.

"알았다고. 아이스크림 안 먹는다고."

"찬물도 안 돼."

"뭐래. 여름인데 따뜻한 물을 먹으라고? 미친."

"그게 힘들면 미지근한 거 먹어. 중국인들은 아이들한테 찬물 절대 안 먹인대."

"아오 씨."

고개를 푹 떨구며 손바닥으로 이마를 세게 쳤다. 내가 그럴 때마다 지인이 깜짝깜짝 놀라 좀 미안했다.

"그리고 너 생리 양도 많지?"

채희가 물었고 나는 고개를 들어 올렸다.

"어떻게 알아?"

"생리혈 새서 고생하지."

"야, 너 뭐야. 내 방에 몰카 달았어?"

채희가 서랍에서 뭔가를 꺼내 내밀었다. 그러고는 침대 끄트머리에 걸터앉았다.

"생리 팬티야. 여러 겹 방수 처리 되어 있어서 잘 안 새."

나는 얼떨떨하게 채희가 건넨 생리 팬티를 받아 들었다.

"이것도 가져."

채희가 작은 베개 같기도 하고 쿠션 같기도 한 물건을 내 쪽으로 내밀었다.

"찜질 팩. 전자레인지에 돌려서 쓰면 돼. 생리통 심할 때 배에 올리고 자."

파란색 바탕에 검정색 도트 무늬가 박힌 찜질 팩을 가만히
만지작거리는데 채희는 남은 훈수를 마저 다 두었다.

"대형으로도 넘치면 오버나이트나 입는 생리대를 써 봐."

"윤채희……."

나는 말끝을 흐렸다. 목이 좀 메기도 했다. 그러거나 말거나
채희는 할 말을 마저 다했다.

"산부인과도 종종 가 줘. 한의원도 괜찮고. 생리통 심한 건
좋은 신호 아니래."

나는 조용히 고개를 끄덕였다. 자기보다 채희가 나를 더 좋
아하는 것 같다던 지인의 말이 떠올랐다. 정말일까? 정말이라
면 그것도 모르고 나는…….

"나도 고민 있어."

지인이 말을 툭 내뱉었다.

"니들도 알고 있겠지만."

막막한 침묵이 셋 사이를 채웠다.

"병원에서 뭐래?"

채희가 물었다.

"뻔하지, 뭐. 곧 할 거라고, 걱정하지 말라고."

"나도 걱정 안 했으면 좋겠어. 그거보다도……."

채희가 지인 쪽으로 더 다가갔다. 침대 위에 올려 두었던
간식 그릇에 손을 뻗으며 물었다.

"뭐가 가장 불편해?"

채희가 그릇 안에 있던 초콜릿 봉지를 뜯어 지인에게 건넸다.

"애들이 아는 거."

"생리 안 하는 걸?"

지인이 고개를 끄덕끄덕했다.

"생리 안 하는 게 알려지면 창피할 것 같아?"

또 고개만 끄덕끄덕.

"왜?"

"그냥."

지인이 초콜릿을 입에 넣는 걸 보면서 채희도 초콜릿 몇 개를 입에 넣었다.

"진절머리 나. 학원에서 월말 고사 보는데 평소보다 문제 좀 늦게 풀고 나오면 남자애들이 혀를 날름거리며 놀려. '박지인, 생리하냐?' 기운이 없어 체육 시간에 농구공을 대충 던지면 여자애들이 아무렇지 않은 목소리로 물어. '지인아, 너 생리해?' 그럼 괴물처럼 버럭 소리 지르고 싶어. 생리 안 한다고! 아직 안 한다고!"

그 말에 채희와 나는 깔깔 웃어 댔다. 웃음이 잦아들 무렵 채희가 입을 열었다.

"있지."

지인과 나는 동시에 채희를 바라보았다. 채희는 중요한 말을 꺼낼 때면 '있지'로 시작하곤 했다. 나는 귀를 쫑긋 세웠다.

38

"생리가 터졌는데 말할 사람이 없는 거야. 물어볼 사람도 없고. 나 여섯 살 때 아빠랑 엄마 이혼했잖아. 아빠한테 생리 터졌다고 말하면 나보다 더 당황할 것 같은 거지. 그래서 혼자 공부를 시작했어. 닥치는 대로 책을 사 보고 영상들을 봤거든? 근데 공부할수록 재밌는 거야. 내가 몰랐던 것이 이렇게 많았구나, 놀라기도 하고."

채희는 고개를 옆으로 돌려 지인을 지그시 바라보았다.

"이런 말 소용없겠지만 걱정할 필요 없어. 일찍 터지는 사람도 있고 늦게 터지는 사람도 있는 거래. 곧 널 엄청 귀찮게 할 거야. 내가 장담해."

채희가 히죽 웃었고 지인도 따라 미소 지었다. 지인은 채희 말을 듣고 안심이 되는 눈치였다.

"난 가끔 진짜 엉뚱한 상상을 해."

"뭔데?"

내가 물었고 채희가 초콜릿 하나를 내게 건넸다.

"남자들도 생리의 고통을 이해할 수 있도록 한 달에 5일 동안 코나 입이나 항문에서 피를 줄줄 흘리게 만드는 약을 개발하는 거야. 아니면 모든 여성들이 생리 파업을 해 버리는 거지. 피임약이나 신약을 먹어서 모든 여성이 생리를 하지 않는 바람에 출산율이 제로가 되는 거야. 그제야 남자들이 생리하는 여성들의 수고로움을 깨닫게 되는 거지. 아니면 생리 기간에 생리대를 하지 않은 여자들이 마음껏 세상을 돌아다니는 상상도 해. 무료로 생리대와 진통제를 지원해 줄 때까지 말이지."

"많이 과격한데?"

내 대꾸에 지인이 덧붙였다.

"생리대를 무료로 지원해 주는 나라도 있어?"

"많아. 뉴욕시는 2016년부터 학교에 생리대를 무상으로 비치하고 있어. 우리나라도 슬슬 움직이는 눈치긴 해."

지인이 조용히 "그렇구나."라고 대답했다.

"가끔 내 포궁이나 질한테 안부를 묻기도 해."

"헐."

입을 쩍 벌리는 내 반응에도 채희는 놀라거나 기죽지 않았다.

"포궁이 뭐야?"

지인이 끼어들었다.

"자궁의 다른 말이야."

지인이 진심으로 궁금하다는 얼굴로 물었다.

"어떻게 안부를 물어?"

채희가 막힘없이 대답했다.

"너 오늘 기분 괜찮니? 그럼 포궁이 대답해. '아니. 개꿀꿀해.' 그럼 내가 물어. 왜? 포궁이 대답하지. '덥고 습한데 생리를 해야 하니까.' 나는 걱정스러운 말투로 묻지. 많이 힘들어? 그럼 포궁이 땅이 꺼져라 한숨을 뱉어. '알잖아. 우린 쉴 수 없어. 산소가 부족할 정도로 움직여야만 해.' 이런 식으로."

채희 말을 가만히 듣고 지인은 히죽 웃었지만 나는 고개를 절레절레 저어 댔다.

"있지."

채희의 목소리가 다시 차분히 가라앉았고 우리는 귀를 기울였다.

"말레이시아에서는 생리를 '불란 멍암방'이라고 한대."

"그게 뭔 말이야?"

"보름달이라는 뜻이래."

채희는 침대 뒤쪽 벽에 등을 기댔고 나는 초콜릿을 아작아작 씹었다.

"생리를 할 때 커다란 보름달을 껴안고 있는 느낌을 표현한 거래. 밝고 따뜻하고 충만한 느낌 말이야."

채희가 두 손으로 천천히 원을 그렸다. 채희의 두 손 안에 커다란 공이, 아니 크고 노란 보름달이 있는 듯한 착각이 들었다.

"나도 생리 힘들어. 하지만 생리도, 생리를 하지 않는 것도 창피한 일이 아니라는 거. 그것만 알아주면 좋겠어."

채희를 멍하니 바라보던 지인의 눈빛이 조금 흔들렸다.

갑자기 좀 궁금했다. 생리가 부끄러운 일이라는 건 어디에서 비롯된 걸까. 생리대도, 생리가 묻은 자국도, 생리를 아직 하지 않는다는 사실까지 꽁꽁 감춰야 한다는 건 누구의 생각에서 비롯된 걸까.

초콜릿이 묻은 손바닥을 탁탁 털고는 내가 박수를 한 번 쳤다.

"좋아. 앞으로 나도 투명한 파우치에 생리대 넣고 다닌다? 남자애들 앞에서도 '생리대'라고 큰 소리로 말한다?"

내가 허리춤에 두 손을 올리면서 목청을 높였다. 내가 채희를 흉내 내고 있다는 사실을 알아채고는 지인이 웃음을 터뜨렸지만 채희 눈치를 보며 끅끅 웃음을 참았다.

"됐고요. 당신은 생리통이나 어떻게 해 보셔."

"아냐. 나도 이제 말하겠어. 생리는 당당한 일이다! 부끄러운 일이 아니다!"

내가 두 팔을 벌려 오버를 했고 그 모습 때문에 지인과 채희는 푸하하, 웃음을 터뜨렸다.

"나 방금 윤채희 같았지? 그지?"

지인이 웃다가 새빨개진 얼굴로 내 등을 마구 두드렸다.

"아씨, 부끄러운 일 아닌 건 알겠는데, 그래도 싫어."

나는 두 팔을 내리며 이불 위로 스르륵 쓰러졌다.

"너무 힘들고 짜증 나. 온 오프 버튼이 있으면 좋겠어."

내가 이불에 얼굴을 파묻자 지인이 등을 찬찬히 쓰다듬어 주었다.

잘 알고 있었다. 아무리 불평해도 생리를 건너뛸 수 없다는 것을. 엄마와 이모가 수다를 떨 때 귀동냥으로 들은 말이 있다. 여성 호르몬이 끊겨 생리를 안 하게 되면 여자 몸 곳곳이 아프기 시작한다고 했다. 그러고 보면 생리도 우정도 인생을 이루는 중요한 요소구나 싶다. 좀 불편해도, 종종 원치 않는 상처를 받아도 놓아 버릴 수 없는 것들.

한참 수다를 떨다가 이불을 펴고 누웠다. 채희는 침대에서, 지인과 나는 바닥에서 잠을 청했다. 악몽을 꿀까 봐 잠깐 두려웠지만 금방 마음을 추슬렀다. 그 사람이 꿈속에서도 나를 지켜 줄 것 같았다. 문득 나를 도와준 백화점 직원, 그 사람을 만나고 싶어졌다. 내일 엄마와 함께 찾아가 정말 고마웠다는 인사를 하고 와야겠다.

참고한 책 『걱정 마! 생리』클라라 헨리 글, 이해민 그림, 황덕령 옮김, 고래 이야기 2019

『생리 공감』김보람 글, 행성B 2018

『생리를 시작한 너에게』유미 스타인스·멜리사 캉 글, 제니 래섬 그림, 김선희 옮김, 다산어린이 2021

『월경의 정치학』박이은실 글, 동녘 2015

『빨강은 아름다워』루시아 자몰로 글·그림, 김경연 옮김, 사계절 2021

이번 생은 망했어

배구 수업 시간. 태균이 넣은 서브가 엉뚱한 방향으로 휙 날아갔다. 생뚱맞은 곳에 떨어진 배구공을 보며 아이들이 까르르 웃어 댔다. 정신 바짝 차리자. 이건 좋은 기회다. 잘만 하면 환호성이 내게 쏟아질 거다. 마침 내 쪽으로 공이 날아온다. 멋지게 공을 때리려는데 최대영이 빠르게 다가온다. 놀라운 점프력으로 튀어 오르더니 시간차공격으로 득점을 해낸다. 구경 중이던 아이들이 크게 함성을 질렀다. 아이들이 목청껏 "최대영! 최대영!"을 외쳤고 녀석은 거만한 표정으로 네트에 바짝 붙어 블로킹 연습을 했다.

나는 입술에 침을 묻히며 중얼거렸다. 긴장해야 한다. 한 번의 실수가 일 년 내내 따라다닐 수 있다. 우리 쪽에서 넘긴 공이 곧 다시 올 것이다. 무슨 일이 있어도 막아야 한다. 공이 뜬

다. 상대편 공격수가 공을 친다. 나는 힘껏 점프해 블로킹을 시도한다. 삐익. 호루라기 소리가 울린다.

"뭐야 또?"

나는 잔뜩 짜증을 내며 물었다.

"네트 범실이야."

태균이 힘없는 목소리로 말했다. 나는 땅이 꺼질 듯 한숨을 내쉬며 고개를 숙였다. 아이들이 단체로 내게 화를 냈다.

어차피 나는 글렀다. 이번 생은 망했다. 나는 잘하는 게 아무것도 없고 사는 건 정말 재미대가리가 1도 없다.

땀 냄새를 풀풀 풍기며 교실에 들어섰다. 교복으로 갈아입느라 바쁜 와중에 아이들은 최대영을 흘낏 바라봤다. 최대영이 웃통을 까자 모두 부러운 눈길로 녀석의 복근을 훔쳐봤다. 완벽하고 매끈한 초콜릿 복근을 기본 장착하고 있는 녀석은 우리 학교 서열 1위 싸움짱이다. 저런 몸과 민첩한 운동 신경과 아이들 얼굴에 마음껏 펀치를 날릴 수 있는 싸움 실력을 하루만 가져 봤으면. 하지만 모두 부질없는 소원이다. 하늘이 알고 땅이 알고 있다. 어차피 나는 안 된다는 걸. 이미 늦었다는 걸.

"의리에 살고 의리에 죽는 의리파래."

태균이 은밀한 목소리로 소곤거렸다.

"누가?"

"최대영."

"쳇, 싸움짱이 의리는 무슨."

선풍기가 달달 소리를 내며 돌아갔다. 수학 시간이 시작됐다. 선생이 칠판에 그리는 함수 그래프를 멍한 눈빛으로 바라보고 있으니 어제 망친 게임 생각이 났다. 하나씩 되짚어 보면 전략 자체가 잘못된 셈이었다. 맵을 제대로 파악하지 않고 덜컥 도전장을 내민 게 실수였다. 그다지 화가 나지도 않았다. 어차피 승리와는 거리가 먼 인생. 그 많은 실패에 하나의 실패를 살포시 얹는다고 더 쪽팔리거나 슬플 것도 없다.

왼쪽 가운뎃손가락에 솟아 있는 사마귀는 오늘따라 더 부풀었다. 피부과에서 처방받은 베루말을 바른 후 잠시 동안 사마귀를 골똘히 들여다봤다. 비릿한 약 냄새 때문인지 옆자리 태균이 인상을 팍 찌푸렸다. 나는 여유롭게 주머니에서 커터 칼을 꺼냈다. 칼날을 교복에다가 쓱싹 문지르고 사마귀를 긁어냈다. 몇몇 놈들이 내 행동을 주의 깊게 살피는 시선이 느껴졌다. 그러거나 말거나 나는 눈앞으로 왼쪽 손을 바짝 끌어당겨 사마귀를 긁었다. 오로지 사마귀와 나만 존재하는 이 순간, 이 극도로 치밀한 몰입. 어차피 글러 먹은 인생을 살지만 이렇게 가끔 행복을 느끼기도 한다. 주책맞게도.

어쨌든 나는 책상 밑으로 왼손을 처박고 가운뎃 손가락으로 퍽큐를 날렸다. 선생한테 퍽큐를 날리려는 건 아니었다. 커터칼로 사마귀를 긁어내면 살짝 아프기 때문에 이런 포즈를 해 주는 게 좋다. 욱신거리던 사마귀 부위가 이렇게 픽큐 포즈만 해 주면 얌전해진다. 엄지손가락으로 사마귀를 다시 문질러 봤다. 커터칼로 긁어내도 사마귀는 금세 자란다. 털을 자주 자르면 억센 털이 나오듯 사마귀도 깎을수록 더 강해지고 커진다. 아무리 잘라 내도 다시 자라는, 그러면서 하루가 다르게 커지는 사마귀가 어쩐지 기특하다.

수학 선생의 별명은 빙그레 좀비다. 선생은 서울역 노숙자처럼 후줄근한 옷만 입고 다녔다. 오랫동안 감지 않은 머리카락은 자기들끼리 엉켜 있고, 웃통을 까면 뼈가 보일 듯 바싹 마른 몸을 겨우 지탱하며 허우적허우적 걸어 다녔다. 서울역을 배경으로 한 좀비물 영화가 흥행한 뒤 선생은 좀비로 불렸다. 그런데 기운이 도통 없어 보이는 사람이 수학 문제를 풀 때면 세상에서 가장 행복한 사람인 양 빙그레 웃었다.

반에서 1등, 2등인 놈을 힐끔거렸다. 놈들은 목이 푹 꺾일 정도로 책상에 머리를 박고 수학 문제를 풀고 있다. 공부를 잘한다는 건 어떤 느낌일까? 공부를 잘하면 나를 바라보는 마더의 눈빛도 분명 달라지겠지?

마더는 사마귀를 당장 빼야 한다며 매일 난리를 쳐 댔지만 난 꿋꿋이 버텼다. 마더가 난리를 칠수록 사마귀를 빼고 싶지 않았다.

"그렇게 방치하면 계속 번질 수 있다니까?"

"번지면 어때서?"

몇 년째 사마귀를 품고 살았지만 불편한 건 없었다. 커터칼로 사마귀를 긁어내는 나를 아이들이 이상하게 생각하는 것도 상관없다. 공부 못하고 개성 없는 멍청이보다 또라이가 나으니까. 나는 오히려 사마귀가 커질수록 친근하고 듬직하게 느껴졌다. 베스트 프렌드를 손가락에 얹고 있는 것 같았다. 부지런히 자란 사마귀를 커터칼로 저미며 몰입하는 것도 좋았다. 그러고 있으면 신기하게도 지루한 수업 시간들이 후딱 지나갔다.

아무도 믿지 않겠지만 사마귀가 커질수록 숨겨 둔 욕망이 몸집을 키웠다. 그동안 꾹꾹 누르며 살아온 욕망이 스멀스멀 기어 올라왔다. 나도 하나쯤은 잘하는 게 있었으면 좋겠다는 욕망.

마더는 심리 치료사다. 하여튼 일하느라 엄청 바쁘다. 내가 똑똑하고 멋지게 자라 줄 거라 믿었던 마더에게 나는 실패작이다. 내 존재 자체가 스트레스겠지. 마더 방에는 자기 환자들이 그린 그림이 가득 걸려 있다. 어떤 그림은 괴기스럽고 어떤 그림은 따뜻하다. 마더는 그 그림들을 나보다 아꼈다. 마더가 바빠 방을 자주 비우니까 그림들이 그 방의 주인 같기도 하다. 어두운 방에서 색깔을 잃고 죽어 있는 그림들을 보면 싹 다 불태워 버리고 싶다.

그림 한 장으로 사람의 마음을 분석한다고? 나는 진짜 묻고 싶다. 마더, 그게 말이 된다고 생각해? 그래도 전문가잖아. 그런데 아직도 그렇게 사람 마음이 단순하다고 생각하냐고!

마더는 나를 혼낼 때마다 내게 그림을 그리라고 강요한다. 내가 그린 그림으로 내 심리를 파악하려는 것이다. 내가 그림을 그리면 온순해지고 자기 말을 잘 들을 거라고 믿는다. 대체 그림이 뭐라고. 진짜 짜증 난다. 난 오히려 마더를 치료해 주고 싶다. 아빠와 이혼하면서, 아니 그 전부터 마더는 워커홀릭이었다. 애정 결핍을 일로 죽어라 채우는 거다. 쯧쯧, 모두 조금씩 미쳐 가고 있다.

마더가 사는 꼴을 보고 있노라면 어른이 되고 싶지 않다. 고등학생인 사촌 형은 죽지 못해 산다고 했다. 고딩이 얼마나 피곤한지 중딩은 상상도 못 할 거라나. 아직도 백수인 막둥이 고모는 좋은 대학을 나와도 취직이 얼마나 어려운지를 몸소 증명해 주고 계신다. 취업 준비생인 고모는 그래도 대학생 때가 좋았다 그러고, 대학생인 동네 형은 고딩 때가 좋았다 그러고, 고딩인 사촌 형은 중딩 때가 최고라고 한다. 이러니 어른이 되고 싶겠는가.

마더는 자주 협박한다. 수도권 내에 있는 대학에 가지 못하면 아무 지원도 해 주지 않겠다고. 계산이 빠른 태균의 말에 따르면 수도권 내의 대학을 가려면 지금부터 반에서 3, 4등은 해야 한단다. 마더는 모른다. 공부를 잘했던 사람들은 정말 모른다. 공부 못하는 사람들이 얼마나 답답하고 힘든지. 성적 이야기만 들으면 얼마나 숨이 막히고 도망가고 싶은지.

태균과 함께 피시방에 갔다. 최신형 벤큐 모니터가 나를 반긴다. 컵라면 두 개를 시켜 놓고 게임에 접속했다. 가슴이 쿵쾅거린다. 배경으로 흘러나오는 노래를 흥얼거리며 따라 했다. 나는 1인칭 슈팅 게임만 한다. 상대를 죽이지 못하면 내가 죽는 경기이기 때문에 고도의 집중력이 필요하다. 게임을 조금만 해 보면 바로 알 수 있다. 게임도 인생과 똑같다는 것을. 영원한 1등은 없다. 고수는 자기보다 더 센 고수가 나타나면 바로 꼬리를 내려야 한다. 어제 이겼던 방식으로 한다고 해도 오늘 또 이긴다는 보장은 없다.

게임을 할 때만큼은 누구보다 강인한 집중력을 발휘하지만 나는 게임도 못한다. 게다가 1인칭 슈팅 게임은 요새 한물갔다. 요즘 유행하는 게임은 태균이 하는 리그 오브 레전드, 일명 롤인데 나는 이것도 못한다. 태균조차 "너, 발로 하냐?"고 정색하며 물을 정도다.

그래도 나는 게임이 좋다. 피시방에 와 컵라면 냄새를 맡으면 마음이 편해진다. 가끔 게임 속이 현실인지, 지금 내가 살고 있는 현실이 게임인지 헷갈릴 때도 있지만 그건 문제될 게 없다. 어차피 멀쩡한 정신으로 산다고 달라지는 건 없다.

태균이 트림을 하며 대뜸 물었다.

"게임, 잘하고 싶지 않냐?"

"존나 잘하고 싶지."

이 새끼가 지금 누구 염장 지르나. 나는 엄지손가락으로 사마귀를 만지작거리며 태균을 살짝 노려봤다.

"야, 과외 받을래?"

"뭔 과외."

"게임 과외."

"그런 것도 있어?"

"우리 형이 완전 롤 고수잖아. 요즘 형 주변에 과외 해 주는 사람들 완전 많대."

태균은 내 눈치를 잠깐 보더니 비장의 무기를 척 꺼냈다.

"너랑 편먹기 나도 쪽팔린단 말이야."

"그래서 그냥 이거 한다니까."

"야, 요새 누가 그거 하냐. 다 롤하지."

그건 맞다. 나는 괜히 민망해져 마우스를 거칠게 두들겼다.

"얼마인데?"

"일대일 과외는 비싸. 최소한 십만 원은 할걸? 문화상품권도 받는대."

이미 이번 달 용돈은 다 썼다. 나는 못 들은 척 헤드셋을 꼈다. 볼륨을 높이는데 그 틈으로 태균의 목소리가 파고든다.

"돈 더 주면 원하는 레벨까지 올려 주기도 한대. 전문 강사가 게임을 대신 해 주는 거지."

돈으로 레벨을 산다. 말 되는군. 나는 엠피세븐이나 씨엠 같은 반동이 적은 총을 고르고 게임에 들어갔다. 게임에 집중하려 하는데 태균의 말이 귓가에 맴돌았다. 돈만 있으면 게임 과외도 할 수 있대. 레벨도 살 수 있대.

태균과 헤어져 집에 왔다. 텅 빈 집 안을 서성였다. 마더 방문 앞에 서서 망설였다. 마더가 비상금을 숨겨 두는 책을 나는 알고 있다. 아주 급할 때마다 조금씩 빼 썼는데 지금은 조금 빼는 걸로는 안 된다. 마더가 알면 완전 난리를 치겠지. 심장이 귀로 튀어나올 듯 쿵쾅거렸다. 나는 사마귀를 만지작거리며 입술을 잘근잘근 씹었다.

사마귀가 작은 목소리로 속삭였다.

게임 레벨이 오르면 친구들이 널 어떻게 보겠어.

내가 대답했다.

다른 눈빛으로 보겠지.

그럼 기분이 어떻겠어.

죽여 주겠지.

그런데 뭘 머뭇거려?

문손잡이를 돌렸다. 마더 방에 걸린 그림들을 보고 싶지 않아 책장만 바라보며 걸었다. 책장에서 『주식 재테크 비결』을 빼 페이지를 휘리릭 넘겼다. 오만 원짜리 지폐 몇 장을 얼른 주머니에 쑤셔 넣고 재빨리 마더 방을 나왔다. 몸을 잠깐 돌려 방문을 바라보는데 여전히 가슴이 쿵쾅거렸다. 침착해. 마더는 요새 정신없이 바빠. 한참 후에나 알 거야. 그렇게 다독

여도 불안은 사라지지 않았다. 책을 제자리에 잘 꽂고 나왔나? 불을 켜 놓고 나온 건 아닌가?

방으로 돌아와 컴퓨터 전원을 켰다. 게임 배경음을 듣자 졸아들었던 가슴이 금세 흥분으로 가득 찼다. 태균이 알려 준 롤 강사에게 메일을 보냈다. 강사 또한 곧바로 답 메일을 보내 계좌번호를 알려 줬다. 나는 사마귀를 내려다보며 중얼거렸다. 며칠만 참으면 돼. 강사가 레벨을 올려 줄 거고 애들은 더 이상 나를 무시하지 못할 거다. 느닷없이 사마귀 부위가 간지러웠다. 나는 손톱을 세워 사마귀 주위를 벅벅 긁어 댔다.

유명중학교에 떠도는 전설은 세 가지다. 첫 번째 전설의 주인공은 최대영이다. 이 녀석은 학교에 입학할 때부터 키가 175센티미터가 넘고 온몸이 근육이었다. 우리 학교와 바로 붙어 있는 초등학교에서 주먹 좀 쓰는 일짱이었다. 녀석은 한번 미끼를 물면 정신없이 싸대기를 연달아 퍼부은 뒤, 상대방이 가드를 올리기도 전에 얼굴에다가 하이킥을 날려 코뼈를 부러뜨리거나 쌍코피를 흘리게 했다. 일명 핵 하이킥이다.

전설은 상고 씨름부에서 힘 좀 쓴다는 뚱보 형의 방문으로 시작한다. 뚱보가 학교로 찾아와 최대영에게 일대일로 붙자고 운을 떼는 순간 녀석은 하이킥을 연타로 날렸다. 몸무게를 전부 실은 발차기로 머리, 코, 가슴에 충격을 주자 뚱보는 윽 소리를 내며 뒤로 나자빠졌다.

두 번째 전설의 주인공은 태균의 형 이태주다. 형은 우리 학교는 물론 이 구역 최고의 롤 고수다. 아깝게 프로게이머가 되기 직전 손목 터널 증후군이 심해져 잠시 쉬고 있지만 형이 곧 프로게이머가 될 거라는 사실을 의심하는 사람은 없다. 형이 프로게이머가 되면 태균까지 유명해질 거다. 부러운 놈.

세 번째 전설은 빙그레 좀비다. 좀비가 노숙자처럼 학교를 배회하며 학교에서 먹고 자고 한다는 소문이 파다했다. 원래는 선생들이 돌아가면서 당직을 섰는데 좀비가 자청해 매일 당직실에서 잔다는 거다. 이상하게도 이 소문은 학부모들에게 알려지지 않았다.

약속한 날짜가 지났는데도 내 레벨은 여전히 바닥이었다. 강사에게 메일을 보냈지만 확인조차 하지 않았다. 답답한 마음에 태균을 족쳤다. 내 추궁에 녀석은 땀을 뻘뻘 흘렸다.

"바쁘겠지. 곧 해 줄 거야. 믿을 만한 사람이라니까."

"정말이야?"

"그, 그렇다니까."

"말은 왜 갑자기 더듬어? 분명히 금방 해 준다고 했어?"

"곧 해 준대. 형이 요새 손목이 안 좋아서……."

"형?"

"아, 그게, 그, 그러니까."

태균의 눈빛이 흔들렸다. 내가 날카롭게 째려보자 녀석은 어깨를 움찔하며 뒤로 물러섰다.

"강사님이 바쁘다고 해서 형한테 부탁했거든."

"뭐? 나한테 구라 친 거야?"

속에서 뜨거운 불이 올라왔다. 이제는 친구 녀석도 나를 개밥 취급하는구나. 화가 나니 사마귀 부위가 미친 듯이 가려웠다. 볼록 튀어나온 사마귀가 오늘따라 나를 거슬리게 했다.

"미안해."

"당장 돈 돌려줘."

"안 돼. 형이 급히 쓸 데가 있댔어."

"야! 너 정말!"

빡치는 일의 연속이다. 잘하는 건 없고 이번 생은 망했고 친구라는 녀석은 거짓말로 뒤통수를 치며 삥 뜯을 생각만 하고…….

"형이 꼭 해 준다고 했어. 한 번만 날 믿어 봐."

거짓말로 날 속인 놈이 자기를 믿어 달란다. 나는 녀석의 말을 씹고 그대로 피시방을 나왔다. 집에 도착하자마자 컴퓨터를 켰다. 골치 아플 때는 게임이 최고다. 게임의 세계에 몰두하면 중요하다고 생각한 일들이 얼마나 하찮은 일들인지 알게 된다.

"김영욱!"

마더가 방문을 두드렸다. 늘 그랬듯이 노크 소리는 규칙적인 간격으로 울렸다.

"너 또 게임하니? 당장 나와 봐."

웬일로 이 시간에 마더가 집에 있지? 오늘 기분 정말 엉망인데 마더까지 내 속을 긁을 모양이군. 나는 마른세수를 하며 게임 접속을 끊었다.

"왜?"

나는 얼굴을 잔뜩 찡그리며 방문을 열었다. 오늘은 제발 건드리지 마. 심리 치료사면 내 마음도 좀 읽으라고.

"여기 앉아 봐."

마더는 식탁 의자를 가리켰다. 자기 맞은편에 나를 앉히더니 크게 한숨을 내뿜었다. 예감이 안 좋다. 또 오래도록 혼을 내겠지. 나는 마더를 보고 싶지 않아 옆으로 앉았다. 팔로 고개를 괴고 딴청을 피웠다.

"학원 빠지면 미리 이야기해 달라고 했잖아. 그게 그렇게 어렵니?"

마더는 모른다. 마더 목소리에서 내가 매번 무엇을 느끼는지. 나긋나긋한 목소리로 말해야 심리 치료사 체면을 지킨다고 믿는 듯한데 나는 그 목소리에 깔려 있는 분노를 고스란히 느낀다. 가식적으로 웃으려고 노력하는 상냥한 얼굴 뒤에 숨어 있는 미움을 알아차린다.

"게임 완전 개발려서 지금 빡 돌겠으니까 오늘은 이만하시죠."

"김영욱."

마더 목소리가 한층 낮아지고 어두워지면, 감췄던 분노와 미움이 조금씩 얼굴을 드러낸다. 그러면 나는 마더를 더 자극하고 싶어진다.

"학원 다녀도 소용없다니까."

"엄마한테 말투가 그게 뭐니. 응?"

아무리 눌러도 드러나고야 마는 실망감을 알아차리면 나는 그만큼 마더를 더 미워하고 싶어진다.

"말투가 뭐 어때서? 별거 가지고 다 트집이야. 짜증 나게."

마더의 입술이 부르르 떨렸다. 이제 마더도 한계에 다다른 것이다.

"엄마 방에 들어왔었지."

마더의 말 한마디에 상황이 역전됐다.

"아니."

나는 모른 척 시치미를 떼며 애꿎은 벽만 바라본다. 마더가 다시 목소리를 깔았다.

"내 방에서 뭘 했는지 솔직히 말해 봐. 혼 안 낼게."

정말요, 마더? 마더 아들은 친구한테까지 삥을 뜯기는 등신에, 아무리 학원을 다녀도 성적이 오르지 않는 멍청이에, 밥만 축내는 식충이인데 도둑질까지 하거든요. 그 사실을 알고도 화 안 낼 자신이 있어요? 마더는 그 정도로 인내심이 강해요?

"샤프 찾으러 갔어."

나도 모르게 눈을 굴리고야 말았다. 젠장, 마더가 거짓말인 걸 눈치챘겠군.

"뭐 때문에 돈이 필요한지 모르겠지만 솔직히 말했다면 넘어갔을 거다. 한 번은 그럴 수 있으니까. 그런데 끝까지 거짓말이구나."

흘깃 마더 쪽을 바라보니 두 눈이 이글이글 타올랐다.

"이번 주말 그림 치료, 빠질 생각하지 말렴."

마더는 성인군자처럼 고고하게 자리에서 일어섰다. 그러더니 방으로 들어가 방문을 달칵 닫았다. 나는 다리를 덜덜 떨며 사마귀를 이로 물어뜯었다. 마더는 도둑질을 한 쓰레기한테 화 한번 내지 않고 그림 치료를 명령했다. 혹독한 상담 시간이 되겠군. 이번 주말이 벌써부터 기다려졌다.

아까까지만 해도 조용했던 사마귀가 입을 열기 시작했다.

마더가 화내 봤자지. 넌 잘못한 거 없어. 애초에 마더가 용돈을 두둑이 줬더라면 이럴 일도 없잖아.

더는 사마귀가 지껄이는 얘기를 듣고 싶지 않아 손가락 끝으로 사마귀를 세게 눌렀다. 하지만 놈은 입을 다물 생각이 없었다.

아빠한테 말해. 엄마랑 살기 싫다고. 그러면 다 해결돼. 그리고 중딩은 가끔 사고도 치고 그러는 거야. 안 그래?

입에서 깊은 한숨이 튀어나왔다. 그냥 죽어 버릴까? 어제 검색창에서 본 뉴스가 떠올랐다. '다음 생에는 공부 잘할게요, 미안해요.' 이런 문자를 부모에게 보내고 연거푸 공무원 시험에 떨어진 스물몇 살 형이 자살을 했단다. '다음 생에는 착한 아들로 태어날게요, 미안해요.' 나도 이런 문자를 마더에게 보내고 그냥 목이나 맬까? 그럼 마더가 아무것도 잘하는 거 없는 나를 용서해 주지 않을까? 그럼 그리는 걸 강요한 내게 미안해하지 않을까?

아빠 얼굴이 떠올랐다.

"누구 아들이 이렇게 노래를 잘하냐."

아빠는 내 노래 듣는 걸 좋아했다. 나보고 폐활량이 좋다고, 목소리가 멋지다고 칭찬을 아끼지 않았다. 아들 기 살려 주려고 하는 말인 걸 알면서도 나는 기분이 좋았다.

그런 아빠가 짐을 챙겨 집을 나갔을 때 나는 버림받았다고 느꼈다. 아빠가 나를 데리고 갈 거라고 굳게 믿은 자신을 용서할 수 없었다.

이따위 생, 그만두자. 그렇게 마음먹고 학원 건물 옥상에 올라간 적도 있다. 7층은 생각보다 높았다. 아찔하게 멀게만 느껴지는 보도블록을 한참 내려다보다가 물러섰다.

이번 생은 망했지만 죽을 용기조차 없는 한심한 인간은 무작정 집을 나왔다. 갈 곳이라곤 태균이네뿐인데 오늘은 녀석 꼴도 보고 싶지 않았다. 목적 없이 걸었다. 발길이 닿는 대로 헤매다가 학교 정문 앞에 도착했다. 문득 학교에 떠도는 소문이 생각났다. 소문이 사실일까? 정말 빙그레 좀비는 매일 학교에서 잘까?

학교는 어두컴컴했다. 금방이라도 귀신이 튀어나올 것처럼 기괴해 보였다. 1층 행정실을 지나 계단을 올랐다. 2층 교무실을 지나 복도 맨 끝에 위치한 교사 휴게실로 향했다. 휴게실에서 흘러나오는 빛이 어둠 사이로 가늘게 보였다. 용기를 내 문을 두드렸다. 잠시 침묵. 다시 똑똑 두드리자 벌컥 문이 열렸다.

빙그레 좀비가 나보다도 당황한 눈빛으로 나를 바라봤다.

"3반 김영욱?"

좀비가 내 이름을 알고 있다니. 나는 좀비보다 더 눈을 동그랗게 뜨고 말았다.

"이 시간에 여기서 뭐 하니?"

좀비는 작은 목소리로 물었다. 수업 시간에 수학 문제를 풀며 내는 카랑카랑한 목소리가 아니었다.

"뭐 찾으려다가…… 불빛이 보이길래……."

"들어오렴."

좀비가 문에서 물러서며 말했다. 나는 멀뚱멀뚱 망설이다가 마지못해 들어갔다. 좀비가 소파에 앉으며 내게도 의자에 앉으라고 손짓했다. 나는 좀비에게 물리고 싶지 않은 순한 양이 되어 의자에 앉았다. 휴게실을 찬찬히 둘러보는데 좀비가 손가락으로 머리를 박박 긁었다. 하얀 점 같은 비듬이 소파 위로 후드득 떨어졌다. 아까까지만 해도 배가 고팠는데 왕비듬을 보자 식욕이 싹 사라졌다.

"무슨 고민 있니?"

두피로 파고드는 손가락처럼 좀비가 예리하게 나를 파고들었다.

"아뇨."

"네 얼굴에 다 쓰여 있다. 나는 억지로 살고 있수다, 이렇게."

좀비가 마더보다 낫군.

"사마귀 때문에요."

"사마귀?"

내가 왼손을 내밀어 사마귀를 보여 주자 좀비는 입을 삐죽 내밀었다.

"그게 왜?"

"전 빼기 싫은데 엄마는 계속 빼라고 해요."

"넌 왜 빼기 싫은데?"

솔직히 말하기는 싫고 그럴듯한 거짓말을 하고 싶은데 나는 거짓말에도 재능이 없다.

"그냥요."

좀비가 손가락으로 코를 파더니 다 해진 면바지에 손가락을 닦았다. 우웩. 나오려는 구역질을 간신히 참았다. 잠깐의 침묵이 이어졌다. 역공을 펼칠 기회였다.

"선생님은 왜 여기서 자요?"

"당직이니까."

"왜 선생님만 당직을 해요?"

먹혔다. 묵직한 한 방에 좀비의 귀가 살짝 빨개졌다. 좀비는 입맛을 다시며 적당한 거짓말을 찾는 듯 보였다.

"애들 사이에서 선생님 별명이 뭔지 아세요?"

마지막 한 방은 내가 생각해도 셌다. 좀비는 뺨이 얼얼하고 정신이 좀 없을 거다. 나는 내심 자신만만했다.

"빙그레 좀비?"

헐, 어떻게 알았지? 선생들 별명은 애들끼리만 공유하는데.

"왜 노숙자처럼 여기서 이러고 사냐, 이걸 묻는 거지?"

대꾸할 말을 찾지 못해 입을 다물었다.

"남의 시선이나 인정이 엄청나게 중요하다고 생각하니?"

좀비가 나를 빤히 쳐다보다가 꽤 진지하고도 따뜻한 눈빛으로 말했다.

"남들이 날 어떻게 생각하는지, 나에 대해 뭐라고 떠드는지 난 관심 없거든."

좀비가 무심코 바지 주머니에서 담배를 꺼냈다. 나를 한번 흘긋 보고는 담배를 주머니에 도로 넣고 껌을 꺼냈다. 나한테 껌을 내밀더니 껍질을 까 자기 입에도 넣었다.

"학창 시절에 난 수학 천재였어. 수학 문제만 풀면 시간 가는 줄 몰랐지. 근데 어른들은 날 가만히 두지 않았어. 올림피아드 대회에 나가야 한다는 둥, 하버드 수학 천재들과 경쟁해야 한다는 둥, 미국 나사(NASA)에 들어가야 한다는 둥 끊임없이 내 삶에 간섭했지. 나는 천재로 불리는 대신 내가 즐거운 걸 하기로 마음먹었어."

나는 껌을 씹다가 두 손을 마주 잡았다. 손에 땀이 가득 찼다는 걸 깨닫고 손바닥을 바지에 문질렀다.

"선생님은 몰라요. 잘하는 거 하나 없는 게 얼마나 비참한지."

어느새 나는 입을 열고 속마음을 얘기하고 있었다.

"부모님도 저를 창피해한다니까요."

나는 돌출된 사마귀를 손가락으로 문지르며 고개를 푹 숙였다.

"넌 아직 중2다. 햇병아리라고."

고개를 천천히 들어 올렸다. 좀비는 껌을 손가락으로 늘이며 소파에 몸을 기댔다.

"키는 더 클 거고, 잘하는 걸 하나라도 찾을 거야. 그리고 부모님은 너를 사랑한다."

좀비의 목소리가 어느 때보다 부드러워서일까. 나는 아무 반박도 하지 못했다. 순간 마더의 표정 하나가 떠올랐다. 밥을 먹는 나를 가만히 바라보며 조용히 미소 짓던 얼굴이.

"그만 가 볼게요."

내가 벌떡 일어나자 좀비는 그러라고 했다. 나는 학교 건물을 빠져나와 동네 놀이터로 걸어갔다. 그네에 앉아 하늘을 바라봤다. 꽉 차오른 달이 가까이 떠 있었다. 달의 표면이 손에

만져질 듯 제법 자세히 보였다. 달에 어울리는 노래가 있을까. 나는 이어폰을 꽂고 즐겨 듣는 노래를 틀었다. 눈을 감으며 노래를 따라 불렀다. 답답했던 마음이 금세 풀리면서 기분이 한결 좋아졌다.

집으로 향하는데 휴대폰이 울렸다. 마더인가? 바짝 긴장한 채 주머니에서 휴대폰을 꺼냈다. 아빠였다. 전화를 받지 않았다. 잠시 후 다시 휴대폰이 울렸다. 이번에는 마더였다. 또 전화를 받지 않았다.

울적했다. 휴대폰을 주머니에 도로 넣고는 길거리에 굴러다니는 돌멩이를 발로 걷어찼다. 그러고도 기분이 나아지지 않아 숨을 씩씩대며 걸었다. 집 근처 체육관을 지나는데 이상한 장면이 눈에 들어왔다.

체육관 뒤편의 어둑한 곳이었다. 세 명이 한 아이를 코너로 몰며 때렸다. 여러 개의 발이 사정없이 아이에게 꽂혔다. 퍽, 퍽, 윽, 윽. 아이는 두 손으로 머리를 감싸더니 발길질을 견뎠다. 경찰에 신고할까? 신고한 사람이 나라는 게 알려지면 어떡하지?

내가 주춤대는 사이 아이의 신음 소리가 커졌다. 이대로 놔두면 죽을지도 몰라. 그런데 죽고 싶은 사람은 나잖아? 내가 대신 맞자. 죽으면 그만이다. 죽지 못하고 병원에 실려 가면 마더와의 상담 시간을 피할 수 있고. 눈을 질끈 감고 아이한테 뛰어들려는 순간 체육관 뒷문에서 키 큰 애가 날아왔다. 최대영이었다. 아이들은 최대영의 발차기에 낙엽처럼 쓰러졌다. 나는 입을 쫙 벌린 채 괴로움으로 일그러진 아이들의 얼굴을 바라봤다.

최대영은 쓰러진 아이를 일으켜 세웠다. 갑자기 힘을 많이 쓴 탓인지 다친 아이를 부축하는 모습이 힘거워 보였다. 나는 얼른 뛰어가 아이의 남은 팔을 내 어깨에 걸쳤다. 최대영은 나를 돌아보더니 씩 웃으며 고맙다고 했다. 녀석의 미소가 깨끗했다.

다친 아이를 집까지 데려다준 다음 최대영과 나는 다시 체육관으로 걸어갔다. 나는 집이 체육관 근처였고 최대영은 체육관에 놔두고 온 짐이 있다고 했다. 건널목에서 신호를 기다리는데 최대영이 다짜고짜 물었다.

"운동 안 하냐?"

"안 하는데."

"좀 해라. 팔이 그게 뭐냐. 같이 체육관 다닐래?"

하아, 싸움짱의 헬스 트레이닝이라. 이건 또 얼마짜리인가. 게임 레벨 올리는 데 십만 원을 요구했으니 이건 이십? 삼십?

"얼만데?"

내 말에 최대영은 키득거렸다.

"뭔 말이냐?"

"몸짱 만들어 주겠다는 거잖아. 얼만데?"

"새꺄. 몸짱은 스스로 되는 거지, 남이 어떻게 만들어 줘? 어린놈이 왜 그러냐? 벌써부터 돈, 돈 거리고."

민망해진 내가 뜸을 들이자 최대영이 이어 말했다.

"운동하면 기분 쩔어. 키도 크고."

싸움짱이면 당연히 거만할 거라고 생각했는데 최대영은 그렇지 않았다. 나이 차이 많이 나는 형이 있다더니, 최대영은 어쩐지 늙탱이 같았다.

"너, 노래 잘하더라?"

최대영이 불쑥 말했다.

"뭔 소리야?"

"놀이터에서 가끔 너 봤거든. 그네에 앉아 노래 불렀잖아. 목소리 좋던데?"

머릿속이 하얗게 변해 아무 대꾸도 할 수 없었다.

"부럽더라. 난 완전 음치거든."

얼굴이 화끈 달아올랐다. 나는 고개를 홱 돌렸다. 최대영이 새빨개진 내 얼굴을 못 봤기를 바라면서.

"아, 씨. 아직도 중딩이라니. 시간이 확 갔으면 좋겠다."

최대영이 주머니에 손을 쑥 집어넣으며 말했다.

"난 어른 되기 싫은데."

"그래 봤자 뭐 하나. 어차피 될 건데."

과연 그럴까? 어른이 될 수 있을까? 이 시간들이 지나가 버리긴 할까? 차들이 빠른 속도로 우리를 스쳐 지나갔다. 그새 자란 사마귀가 욱신거렸다. 손가락으로 사마귀를 박박 긁었다.

"근데 아까부터 뭘 그렇게 긁어 대냐?"

"어? 사마귀."

초록색 불이 들어왔다. 최대영이 성큼성큼 횡단보도를 건넜다. 나는 최대영의 걸음 속도에 맞추려고 부지런히 걸으며 말했다.

"곧 뺄 거야."

더는 사마귀를 만지지 않으려고 주먹을 단단히 말아 쥐었다. 건널목을 다 건넌 뒤 우리는 헤어졌다. 최대영은 체육관으로, 나는 집으로 발걸음을 옮겼다. 낮게 내려온 달을 바라보며 계속 걸었다. 걸을수록 기분이 괜찮아졌다. 주먹 안에 갇힌 사마귀는 잠잠했다.

민
트
문

어떻게 표현해야 좋을까. 그냥 존재만으로 완전하고 완벽한 사람. 오빠를 떠올릴 때마다 내게 남는 문장은 이것밖에 없다. 더 좋은 문장이 생각나지 않는다. 내 머리가 나쁜 탓이 아니다. 오빠를 충분히 설명할 수 있는 단어가 세상에 존재하지 않기 때문이다. 그래도 나는 어떻게든 오빠를 표현해 내고 싶다.

예술적 감수성으로 똘똘 뭉친 다재다능한 사람.

가성과 진성을 넘나드는 오빠의 목소리는 들을 때마다 놀랍고 신비롭다. 오빠는 소화하지 못하는 곡이 없다. 애절한 발라드부터 신나는 댄스 음악과 미디엄 템포의 팝은 물론이고 스탠다드 재즈 스타일, 공격적인 사운드가 돋보이는 네오 소울 장르까지. 더 대단한 건 그룹 활동을 하는 틈틈이 솔로 앨범의 디렉팅까지 전부 자기 힘으로 해냈다는 거다.

오빠는 춤도 잘 춘다. 멤버들과 함께 칼군무를 추지만 오빠의 춤은 느낌이 다르다. 오빠는 춤으로 내게 말을 건다. 경쾌한 리듬을 타는 발랄한 동작은 내게 힘내라고 말한다. 애절한 멜로디에 맞춘 그루브는 내게 사랑한다고 말한다. 오빠를 보며 난 춤이 또 다른 언어라는 걸 깨달았다.

보기만 해도 영혼이 따뜻해지는 사람.

오빠는 늘 상냥하다. 멤버들에게도, 팬들에게도 한결같이. 그러면서 자기가 복이 많은 사람이라고 말한다. 이렇게 큰 사랑을 받아서, 늘 자신을 믿어 주고 기다려 주는 팬들이 있어서 행복하다고 말한다. 오빠가 환하게 웃으면 이 세상에 태어나길 잘했다는 생각이 든다. 이 우울한 세상도 살아 볼 만하다는 생각이 절로 든다.

나는 종일 오빠에 대해 생각한다. 지금 뭘 하고 있을까. 잠은 잘 잤을까. 솔로 앨범 작업이 힘들지는 않을까. 일본 콘서트 준비를 하느라 기진맥진해 있는 건 아닐까. 다이어트를 한다고 밥을 거르지는 않을까. 가뜩이나 마른 몸인데, 무리한 일정 때문에 살이 더 빠지면 어쩌지.

오빠 생각을 할 때마다 오빠에게 한 걸음 다가가는 것만 같다. 그렇게 하루에 한 계단씩 오르다 보면 언젠가는 오빠 곁에 설 수 있을지도 모른다. 눈을 감으면 오빠는 내 코앞에 있다. 내가 목소리를 내면 기척을 느낄 수 있을 정도로 우리 사이는 가깝다. 오빠는 언제든 내 사람이 될 것 같은 믿음직한 미소를 지으며 그 자리에 서 있다. 그렇지만 내가 아무리 불러도 오빠는 내 목소리를 듣지 못한다. 그 사실이 서운하지만 나는 포기하지 않는다. 오늘도 노래를 듣고 영상을 보고 오빠의 이름을 목 놓아 부르며 말을 건다.

"진짜 한 인간으로서 좋아하는 일에 몰입하는 건 굉장히 행복한 일이에요."

콘서트에서 오빠가 말했다. 나는 안다. 오빠가 무대를 얼마나 사랑하는지. 얼마나 노래에 흠뻑 빠져 몰두하는지. 무대에 서 있는 오빠는 완전하다. 빛을 받은 온몸이 반짝인다. 흘리는 땀조차 달콤하게 느껴진다.

오 분이 순간으로 느껴질 정도로 좋아하는 일, 완전히 몰입하게 되는 일. 나도 그런 게 하나쯤 있었으면 좋겠지만 내게 몰입의 기쁨을 주는 건 오빠뿐이다. 예전에도 그랬고 앞으로도 죽 그럴 거다.

"민정아, 돈 다 모았지?"

바나나 우유를 내밀며 서영이가 내게 물었다. 매점은 오늘도 아이들로 북적였다.

"겨우."

서영이가 기특하다는 듯 엄지손가락을 세웠다. 서영이와 나는 아이들을 피해 학교 중앙에 있는 화단으로 걸어갔다. 화단

끄트머리에 있는 벤치에 앉으며 서영이가 꺄아, 하고 고함을 질렀다.

"드디어 내일이야! 아, 떨려."

서영이가 두 손을 가슴 한가운데 모았다. 내일이다. 우리에게는 중간고사보다도, 방학보다도 중요한 날. 바로 콘서트 티켓을 예매하는 날이다. 이 돈을 모으려고 별짓을 다 했다. 주말마다 가게에서 피자를 구웠고 공휴일에는 호텔 뷔페 서빙 알바도 했다. 서빙 알바는 근무 시간이 길어 힘들었지만 바로 다음 날 알바비가 들어와서 좋았다.

덕질에는 많은 돈이 필요하다. 용돈이 많은 서영이와 상황이 다른 나는 입덕 후 늘 아르바이트를 해야만 했다. 앨범과 굿즈는 당연하고, 응원봉이랑 포토 카드도 필수다. 팬미팅이나 팬사인회에 가려면 앨범을 몇백만 원어치나 사야 한다. 그렇게 해도 못 가는 경우도 많다. 앨범을 사고 응모를 하면 복불복으로 뽑히는 구조다.

"이번 팬픽은 반응 어때?"

서영이가 기지개를 켜며 물었다.

"아직 초반이라."

무심하게 대답하려고 애썼지만 잘 안 됐다. 배시시 웃음이 절로 나왔다. 팬픽 이야기만 나오면 얼굴 근육이 제멋대로 움직였다.

"이번에도 반응 좋겠지."

서영이 말에 입꼬리가 나도 모르게 또 올라갔다. 나는 팬들 사이에서 꽤 유명한 팬픽 작가다. 운 좋게 첫 팬픽부터 반응이 좋았다. 다음 이야기를 얼른 연재해 달라는 요청으로 댓글이 도배될 때면 좀 뿌듯하다. 나도 잘하는 일이 하나쯤 있다는 사실이 신기하기만 하다.

"팬픽도 좋지만 이번에 오빠들 컴백하면 같이 공방 다니자."

공개 방송이라……. 서영이의 애교 섞인 말투에 나는 잠시 뜸을 들였다. 곧바로 거절하면 상처받을지도 모르니까 에둘러 대답했다.

"생각해 볼게."

서영이가 입을 툭 내밀었다. 만족스러운 대답이 아니라는 뜻이다.

"같이 다니면 진짜 좋을 텐데."

서영이와 나는 오빠를 사랑하는 방식이 달랐다. 서영이는 스타와 팬 사이의 거리를 분명히 인지했다. 오빠와 자신의 거리를, 무슨 짓을 해도 가까워질 수 없는 먼 거리를 쉽게 받아들였다. 스타를 열렬히 좋아하는 팬의 역할에만 충실했다. 모범적인 팬으로 사는 걸 즐겼다.

나는 달랐다. 나는 언젠가는 오빠와 아는 사이가 될 거라고 믿고 싶었다. 오빠와 가까워질 거라는 희망을 버리지 못했다. 그 희망이 얼마나 허무맹랑하고 이루어질 수 없는 것인지 이 성적으로는 잘 알면서도 마음으로는 포기가 안 됐다.

팬픽을 쓰기 시작한 탓일까. 아니면 내가 쓴 팬픽이 인기를 얻었기 때문일까. 내가 더 유명해지면 언젠가는 오빠도 내 글을 읽을 거라는 믿음, 한 번이라도 내 글을 읽으면 나를 기억할 거라는 믿음을 포기할 수가 없다.

그런 내게 공개 방송에 가는 일은 오빠와의 거리를 체감하는 일이었다. 오빠는 먼 곳에 있고 아무리 소리를 질러도 내 존재를 알아차릴 수 없었다. 곡이 끝나면 오빠는 사라져 버리고 내 목소리는 다른 팬들의 목소리에 완전히 묻혔다. 내가 수많은 팬들 중 하나라는 사실은 뼈아팠다. 익숙해지려고 노력해도 익숙해지지가 않았다.

오빠의 실물을 보려고 매서운 추위를 견디며 줄을 섰다. 그저 가까이 가고 싶어서. 그런데 오빠는 한없이 멀게만 느껴졌다. 그 거리감이 진짜 싫었다. 그래서 차츰 공개 방송에도, 사인회에도 발을 끊었다. 콘서트는 그럴 수가 없었다. 콘서트까지 혼자 가라고 하면 서영이가 크게 삐치고 서운해할 게 뻔했다.

나는 오빠의 이미지만으로도 충분히 행복했다. 방송에서 보여 주는 모습, 무대에서 짓는 표정, 작곡과 작사로 표현하는 오빠의 진심만으로 충분했다. 나는 그 이미지를 내 식대로 기억하고 저장하고 싶었다. 그래서 팬픽에 더 집착했다.

내가 쓰는 팬픽 안에서 오빠는 실제보다 더 실제 같았다.

오빠는 아침에 일어나자마자 조깅을 한다. 바삭하게 구운 토스트에 복숭아잼을 발라 먹는다. 순대보다 떡볶이를 좋아한다. 땀이 많아서 여름보다 겨울을 좋아한다. 소주보다 와인을 좋아하는 오빠가 브리치즈와 와인을 마시며 친구들에게 힘들다고 토로한다. 녹음 작업에 들어가면 밤을 꼴딱 새기 마련이다. 점점 짙어지는 다크서클을 가리려면 더 짙게 화장을 해야 한다고 말하며 쓸쓸하게 미소 짓는다. 엄마한테서 전화가 오면 해맑은 목소리로 잘 지내고 있으니 걱정하지 말라고 믿음직스럽게 말한다. 오빠의 모습을 상상하며 글을 쓰는 동안 오빠는 어느새 내 곁에 와 있다.

어렸을 때부터 엄마와 아빠는 날 보는 눈빛과 언니를 보는 눈빛이 달랐다. 언니를 바라볼 때는 마치 동화 속 공주님을 바라보는 듯하다. 하지만 나를 향한 눈길은 한없이 차갑다. 중3이 되면서 언니 성적이 부쩍 오르기 시작한 것도 큰 영향이 있었다. 하필이면 내 성적이 급격한 하강 곡선을 그리던 타이밍이었다. 몇 년 전 친척 모임 때 엄마가 고모한테 하는 말을 우연히 들었다.

"나는 애가 한 명인 고모가 진짜 부러워요. 나도 한 명만 낳았어야 하는데."

낳지 않았어도 좋았을 한 명이 누구를 가리키는지 잘 알았다. 어떤 말들은 칼보다도 더 아프게 가슴을 찌른다. 그렇게 가슴에 박힌 말들은 쉽사리 사라지지 않는다.

아빠가 애정 없이 기계적으로 잔소리를 늘어놓기 시작하면 어디로든 도망치고 싶다. 이곳이 아닌 어디든 다 좋다. 그럴 때마다 나는 이어폰을 귀에 꽂고 오빠 노래를 듣는다. 신기하게도 오빠 목소리를 들으면 금방 마음이 괜찮아진다. 억울한 감정도, 분한 감정도 스르륵 사라진다.

불행한 일로부터 내가 도망가는 곳들은 정해져 있다. 일기장, 오빠의 노래, 그리고 팬픽. 침대에 드러누워 휴대폰 메모장을 열었다. 이곳에 일기도 쓰고 팬픽 아이디어도 적어 둔다. 일기를 쓰다가 스르륵 잠이 들었다.

나는 아이보리색 코트에 평범한 디자인의 스니커즈를 신고 동네 사거리에 서서 물끄러미 하늘을 올려다보고 있다. 건너편 버스 정류장에 앉아 있는 남자가 눈에 들어온다. 남자는 이어폰을 꽂고 있는데 밝은 민트색으로 염색한 머리카락이 햇빛을 받아 반짝인다. 나는 곧바로 직감한다. 오빠라는 것을. 마음이 다급해 사차선 도로를 무단 횡단한다. 자동차들이 거친 경적을 울려 대지만 아랑곳하지 않는다. 오빠를 가까이에서 볼 수만 있다면 무슨 일을 당해도 상관없다.

남자가 앉아 있는 벤치에 다가간다. 남자는 고개를 푹 숙인 채 음악에 빠져 있다. 얼마나 심취했는지 내가 곁에 다가온 것도 모른다. 얼굴이 조금밖에 안 보이지만 나는 단숨에 오빠라는 것을 확신한다. 내가 벤치 끄트머리에 엉덩이를 살짝 걸 쳤는데도 오빠는 여전히 모른다. 이대로 시간이 죽 정지해 버리면 좋겠다. 콧노래를 흥얼거리는 오빠를 하염없이 바라보고 또 바라본다. 시간이 얼마나 흘렀을까. 오빠가 갑자기 이어폰을 확 빼고는 내 쪽으로 고개를 돌린다.

"너 블루베리 머핀이지."

블루베리 머핀은 팬픽을 올리는 내 아이디다.

"어, 어떻게, 그걸."

"너만 나를 잘 아는 게 아니야."

오빠가 싱긋 웃으며 한쪽 눈을 찡그린다. 심장이 밖으로 튀어나올 것 같다.

"나 머핀이 쓴 건 다 읽었어. 진짜야."

오빠는 사탕을 입에 문 아이처럼 다정하고도 행복한 미소를 머금는다. 심장이 완전히 녹아 버릴 것 같다. 세상을 다 가진 기분이 이런 거구나.

"네 글 좋더라. 완성도도 높고, 심리 묘사를 특히 잘하는 것 같아."

오빠가 조곤조곤 말한다. 대놓고 칭찬을 듣는 일은 태어나 처음이다. 나도 모르게 얼굴이 화끈거린다.

"감사해요. 오빠가 좋으면 저도 좋아요."

나는 손부채질로 얼굴을 식히며 간신히 대답한다.

"오빠가 행복해서 다행이에요."

"너도 행복하니?"

"오빠를 볼 때만 행복해요."

"왜 그런지 물어봐도 돼?"

"그게, 좀 복잡해요."

오빠는 골똘히 생각에 잠긴 얼굴로 잠시 뜸을 들이더니 말한다.

"실은, 나도 행복하지만은 않아."

"네?"

"행복할 때도 있지만 불행할 때도 많아."

"왜요? 오빠를 사랑하는 사람도 많고, 오빠는 못하는 것도 없고, 좋아하는 일을 하잖아요. 무대에 오를 때마다 행복하고 감사하다고 말했잖아요."

속사포처럼 빠르게 말을 내뱉자 오빠는 후배의 애교를 보는 선배처럼 너그러운 미소를 짓는다.

"그러게. 내가 욕심이 많은 사람인가 봐."

오빠의 미소가 점점 희미해지더니 우리 사이로 버스가 달려든다. 버스에서 커다란 손이 툭 튀어나와 오빠를 납치해 간다. 나는 "오빠!" 하고 외치지만 이미 늦었다.

눈을 떴을 때 온몸이 땀에 흠뻑 젖어 있었다. 휴지로 땀을 닦아 내고는 한숨을 쉬었다. 요즘 어느 때보다도 팬픽에 몰두하고 있다. 그래서 이런 꿈을 꾼 걸까.

현실의 나는 아빠와 엄마한테 구박만 당하는 골칫거리고, 서영이 말고는 친구도 없는 부적응자고, 연애 한번 해 본 적 없는 모태솔로지만 팬픽 작가인 나는 다르다. 나는 그 세계에서 나름 유명하고 유능하다. 팬들은 내 소설을 진심으로 좋아해 준다. 소설을 읽고 나면 내게 짧은 감상문도 보내 준다.

내 팬픽 속에서 오빠는 완벽하다. 흠잡을 데 하나 없는 남자이고 내 애인이고 약혼자다. 팬픽의 세계에서 나는 오빠의 사랑을 듬뿍 받는 미리고 세진이고 민희다. 우리는 우여곡절 끝에 결국 해피엔딩을 맞이하는 행복한 커플이다.

팬픽을 쓰다 보면 오빠를 더 잘 이해하게 된다. 하루도 거르지 않고 매일 오빠를 바라보며 궁금해한다. 인터뷰를 모조리 섭렵하고 개인 방송과 멤버들과 함께 찍은 영상까지 수십 번 반복해 보면 알 수 있다. 오빠가 어떤 습관과 가치관을 갖고 있는지를. 어떤 과거를 안고 살아왔고 어떤 취미를 갖고 있고 어떤 농담을 좋아하는지를. 그래서 나는 확신한다. 이 세상에서 오빠를 나보다 더 잘 아는 사람은 없다고. 정말이다. 나는 오빠를 사랑한다. 그리고 오빠를 잘 안다. 숨소리만 들어도, 눈빛만 봐도 오빠가 어떤 생각을 하는지 훤히 알 수 있다.

기말고사가 코앞인데 공부가 안 된다. 자습서를 펼치면 콘서트 장면만 눈앞에 어른거렸다. 수학 공식은 지렁이처럼 구불거리고 영어 지문은 지구와 아주 먼 행성에 살고 있는 외계

인의 언어로 보인다.

이번 콘서트도 완벽했다. 오빠들은 흠잡을 데 하나 없는 무대를 펼쳤다. 특히 나의 오빠는 이번에도 무대 위를 마음껏 날아다녔다. 국내 콘서트를 마무리하고 오빠들은 월드 투어를 시작했다.

엄마가 노크도 없이 문을 벌컥 열고 들어왔다. 보나마나 나를 흘겨보다가 나갈 것이다. 뒤통수가 절로 뜨거워진다. 며칠 전 알바 하느라 학원에 자주 빠진 걸 들켜 엄마의 불호령이 떨어졌다. 엄마는 노발대발 화를 내며 다니고 있던 학원을 전부 끊어 버렸다. 날은 자꾸 더워지고 공부는 안 되고 엄마의 감시는 더 심해지고…… 휴. 엄마가 문을 닫고 나가자 참았던 날숨이 한꺼번에 쏟아져 나온다.

엄마 아빠가 무리를 해서 과목마다 전문 학원에 보냈다는 걸 잘 안다. 그렇지만 내 수준에 맞지 않는 심화 수업을 들으려니 쏟아지는 졸음과 사투를 벌일 수밖에 없었다. 차라리 잘된 건지도 모른다. 비싼 학원비를 내지 않으면 엄마든 아빠든 내 성적표를 볼 때 화를 덜 낼지도 모르니까. 그렇지만 학원을 다녀서 그나마 성적이 그만큼 나왔던 거면 어쩌지? 여름방학을 어영부영 보내다가 학원에 다시 등록했을 때 수업을 더 못 알아들으면 어쩌지? 뒤늦게 밀려드는 걱정에 숨이 막혀 온다. 금방이라도 질식할 것만 같다. 차가운 물에 목욕이나 해야겠다.

목욕을 하고 나와 휴대폰을 확인했더니 서영이로부터 부재 중 전화가 여러 통 와 있다. 선풍기 바람을 세게 바꾸며 전화를 걸었더니 서영이가 목소리를 높인다.

"너를 죽이겠대."

"무슨 소리야?"

"네가 올린 팬픽 때문에 지금 난리야. 왜 오빠를 죽였냐면서 악플이 장난 아니야. 가장 소름 돋는 댓글은 이거야."

나는 마른침을 삼켰다. 목이 타들어 가는 것 같았다.

"자, 이 인간 신상 털이 들어가 보자."

입안이 바짝 말랐다. 겨우 입을 뗐다.

"어쩌지?"

"당장 게시물 지워. 당분간 뒤통수 조심하고."

서영이가 단호한 목소리로 말했다. 나는 팬픽을 올리는 커뮤니티에 접속해 악플 몇 개를 읽고 질겁했다. 네가 뭔데 감히 오빠를 죽이느냐. 작가의 정체를 밝히고 내쫓자.

최근에 올린 팬픽 때문이었다. 어느 날 불현듯 이런 생각이 스쳤다. 왜 모든 팬픽은 해피엔딩으로만 끝나지? 그게 좀 못마땅했다. 셰익스피어의 비극에 버금가는 슬픈 러브 스토리를 써 보면 어떨까?

제목은 「로미오와 줄리엣」. 시작은 발랄하지만 후반부로 접어들수록 일이 꼬이고 오빠와 주인공은 운명을 직감한다. 사랑으로 모든 비극을 헤쳐 나갈 수 있을까? 그들은 사랑을 완성하기 위해 동시에 죽는 것을 선택한다. 기꺼이. 팬픽을 완성하고 나서 깨달았다. 이 이야기는 비극이 아니라는 사실을. 사랑하는 오빠와 여주인공이 같은 순간에, 함께 죽는 것은 비극이 아니라 축복이었다.

팬픽을 쓰면서 내가 느낀 행복을 팬들도 함께 느낄 거라 믿었다. 팬들도 내 마음과 같을 줄 알았는데…….

내가 쓴 글을 지우려는데 손이 덜덜 떨렸다. 꼭 지워야 할까? 무서웠지만 화도 났다. 순순히 팬픽을 지우는 것이 왠지 지는 것처럼 느껴졌다. 나는 팬들의 반응 뒤에 숨겨진 진짜 감정이 무엇일지 차근히 파헤쳐 봤다. 어쩌면 팬들은 내 인기를 단순히 질투하는 건지도 모른다. 어쩌면 팬들은 오빠를 훤히 알고 있는 내 글을 시샘하는 건지도 모른다. 악이 잔뜩 오른 댓글에 겁이 났지만 팬픽을 지우지 않기로 했다. 한편으로 악플이 더 거세지기를 바라는 마음도 있었다. 그렇게 이 비극적인 스토리가 소문을 타면 오빠가 내 글을 읽을지도 모른다.

소속사 홈페이지에 조문 일정이 떴다. 나는 어안이 벙벙해 눈만 끔벅였다. 처음 트위터에 소식이 떴을 때만 해도 코웃음을 쳤다. 누가 이런 루머를 퍼뜨리는지 우스웠다. 루머를 만들려면 성심성의껏 사전 조사라도 하든가. 다른 사람도 아니고 오빠한테 이런 단어를 갖다 붙이다니. 이렇게 성의 없는 소문을 만드는 목적이 무엇인지 궁금하지도 않았다. 그런데 소속사에서 공식 입장을 냈다. 가슴이 쿵 내려앉았다. 빙하가 쪼개지듯 가슴이 갈라졌다.

밖으로 뛰쳐나갔다. 계단을 내려가며 서영이에게 전화를 걸었다. 서영이는 전화를 받자마자 울음을 터뜨렸다.

"민정아."

"너희 집 앞에서 봐."

통화를 짧게 마치고 긴 숨을 내쉬었다. 정신을 집중하지 않으면 앞으로 고꾸라져 계단을 구를 것만 같았다. 속으로 숫자를 셌다. 하나, 둘, 셋, 넷…… 그러다가 계단을 두 개 남겨 놓고 발을 헛디뎠다. 무릎을 찧었지만 하나도 아프지 않았다. 나는 벌떡 일어나 걸었다.

서영이는 자기 집 앞에서 발을 동동 구르고 있었다. 아파트 입구에 내가 나타나자 한달음에 달려왔다. 아이처럼 울음을 터뜨리는 서영이를 안아 줬다.

"이거 거짓말이지. 그치?"

거짓말이라고 믿고 싶었다. 만우절에 벌어지는 해프닝 같은 걸로 치부하고 싶었다. 하지만 거짓말도, 해프닝도 아니었다. 나는 울음도 나오지 않았다.

"장례식장에 가 보자."

꽉 잠긴 목소리로 내가 말했다. 서영이는 고개를 작게 끄덕였다. 뜬눈으로 밤을 지새우고 다음 날 서영이와 함께 장례식장으로 향했다.

"아, 어떡해. 이 꼴로 오빠를 어떻게 봐."

서영이는 퉁퉁 부은 눈을 손등으로 마구 비벼 댔지만 눈물은 그치지 않았다. 서영이는 하염없이 울었고 나는 울지 못하는 병에 걸린 사람처럼 눈물을 흘리지 않았다. 커다란 바윗덩어리가 가슴을 묵직하게 누르는 기분이었다. 어떤 방법으로도 가시지 않을 것 같은 답답함이 가슴을 짓눌렀다. 나는 간신히 걸었고 간신히 생각의 끈을 부여잡았다.

"짐작도 못 했어."

울먹이는 목소리로 서영이가 말했다.

짐작한 사람이 있었을까? 오빠는 늘 밝았다. 약간 조증이 있는 사람처럼 에너지가 넘쳤다. 어떤 무대에서든 날아다녔다.

"맞다. 그거 이상했어."

서영이가 잠깐 머뭇거렸다. 나는 마음을 졸이며 이어질 말을 기다렸다.

"원래 콘서트에서 마지막 곡 부를 때 오빠 늘 울잖아."

"응."

"지난주 콘서트에서는 안 울었대. 노래도 끝까지 다 불렀대."

나는 눈물을 잔뜩 머금고 있는 서영이의 눈을 바라봤다.

오빠는 콘서트에서 마지막 곡을 다 부른 적이 없었다. 마지막 곡은 팬들에게 바치는 노래인데 오빠는 노래를 부르다가 꼭 울었다. 고맙다고, 팬들은 자기 삶의 이유라고 말하며 울먹였다. 그래서 우리는 마지막 노래를 끝까지 들은 적이 없었다.

버스에 올라탔다. 우리는 버스가 병원에 도착할 때까지 침묵을 지켰다. 차창 밖으로 노을이 보였다. 너무 아름다워 미웠다. 파스텔 톤으로 따뜻하게 번지는 아름다운 색감이 오빠를 생각나게 했다.

경호원들이 보였다. 병원 장례식장 밖으로 이미 긴 줄이 이어졌다. 점점 더워지고 있는 날씨가 무색했다. 서영이와 나도 줄 끄트머리에 섰다. 몇몇 사람들이 서영이에게 아는 척을 했다. 공개 방송을 다니며 친해진 사람들 같았다. 서영이는 언니로 보이는 사람들과 포옹을 했고 함께 눈시울을 붉혔다.

우리는 조용히 순서를 기다렸다. 오열하지도, 통곡하지도 않았다. 흐르는 눈물을 닦으며 묵묵히 차례를 기다렸다. 오빠를 잘 보내 줘야 한다는 마음, 오빠의 마지막 길에 예의를 갖춰야 한다는 마음이 팽팽한 긴장감을 불러왔다.

우리 차례가 왔다. 사진 속에서 환하게 웃고 있는 오빠가 보였다. 그 웃음이 너무 밝고 따뜻해 가슴이 아렸다. 깊은 한숨을 토해 내며 오빠 앞에 섰다. 서영이가 바닥에 엎드린 채 몸을 들썩였다. 나는 서영이를 일으켜 세워 부축했다. 고개를 천천히 돌렸다. 오빠의 영정 사진 주변에 팬들이 남긴 꽃과 편지가 쌓여 있었다. 꽃을 사올걸. 문득 그런 생각이 스쳤다.

우리는 병원 밖으로 나와 버스를 기다렸다. 버스는 좀처럼 오지 않았다. 차도를 기웃거리는데 눈알이 쓰라렸다.

"오빠가 어떻게 이럴 수 있어?"

서영이가 갑작스레 화를 냈다.

"우리가 전부라며. 우리만 있으면 행복하다며. 근데 어떻게 이런 선택을 해?"

서영이를 달래 주고 싶었지만 그럴 기운이 없었다. 나는 대답을 하는 대신 한 손으로 이마를 문질렀다. 서영이의 화를 받아 줄 사람은 이제 이 세상에 없었다. 아니, 우리의 화를 받아 줄 사람은 애초에 없었다. 어쩌면 오빠는 늘 우리와 너무 먼 거리에 있었는지도 모른다.

서영이와 헤어져 집으로 향했다. 발걸음이 무거웠다. 걸으면 걸을수록 더 그랬다. 한 걸음만큼 땅을 뚫고 아래로 내려가는 듯했다. 하염없이 몸이 처졌다. 멈춰 서서 가슴을 주먹으로 두드렸다. 아무리 두드려도 가슴을 누르는 바윗덩어리는 꼼짝도 하지 않았다.

오빠가 우리에게 보여 준 미소는 모두 거짓이었을까. 행복하다는 말도 진심이 아니었을까. 실은 누구보다도 외롭고 두려웠던 걸까. 왜 우리에게 이야기하지 않았을까. 오빠가 하려는 이야기가 아무리 길어도 초롱초롱한 눈으로 경청했을 텐데. 오빠가 외롭다고 말하면 밤을 새워서라도 곁에 있었을 텐데. 힘들다고 말하면 손을 내밀었을 텐데. 절대 혼자 두지 않았을 텐데.

잠이 오지 않아 집에서 나와 무작정 버스를 탔다. 맨 뒷좌석에 앉아 빠르게 바뀌는 창밖 풍경을 멍하니 바라봤다. 모든 것이 끝났다. 내가 그토록 사랑했던 오빠가 없다. 오빠가 없으니 팬픽도 없다. 그러므로 나도 없다.

버스가 정류장에 서고 한 남자가 올라탔다. 이십 대로 보이는 남자는 내 앞 좌석에 앉았다. 하얀색 이어폰을 낀 채 휴대폰을 만지작거리더니 고개를 끄덕이기 시작했다. 오빠 뒤통수를 닮은 남자의 뒤통수를 멍하니 보다가 눈길을 거두었다. 가방에서 이어폰을 꺼내 귀에 꽂았다. 오빠 목소리가 흘러나왔다.

오빠가 말했었다. 자기는 복 받은 사람이라고. 좋아하는 노래를 마음껏 부를 수 있어서 행복하다고. 그 행복 뒤에 감춰 둔 불안과 두려움을 몰랐다. 자신을 사랑해 주는 사람들에게조차 꺼내 보일 수 없는 오빠만의 슬픔이 있다는 것을 알아채지 못했다. 어쩌면 오빠는 오래전부터 많이 힘들다고 팬들에게 말을 했는지도 모른다. 성급한 결정을 내린 것이 아니라 끝까지 버티다가 손을 놓아 버린 건지도 모른다. 오빠를 누구보다도 잘 안다고 확신했다. 나 자신보다도 오빠를 더 사랑한다고 믿었다. 그런데 그 모든 건 다 착각이었다. 나는 오빠가 행복할 거라고 생각했다. 오빠의 아픔이 이렇게 깊은 줄 몰랐다. 오빠의 우울이 이토록 깊은 줄 몰랐다. 나는 오빠에 대해 아무것도 몰랐던 거다.

버스가 멈춰 섰다. 기사 아저씨가 고개를 약간 돌리며 외쳤다.

"종점입니다."

이어폰을 정리해 넣고 버스에서 내렸다. 승객이 모두 버스에서 내리자 기사 아저씨는 능숙한 솜씨로 버스를 차고지에 주차했다. 사람들이 뿔뿔이 흩어졌다.

하늘을 올려다봤다. 흐릿한 달무리 사이로 민트색 달이 떠 있었다. 오빠의 머리카락을 자주 물들였던 바로 그 색이었다. 민트문 옆으로 별 하나가 외로이 반짝였다. 찬연한 빛 속에 머무는 사람은 외롭지 않을 거라고 생각했다. 빛에 가까이 다가갈수록 짙어지고야마는 어둠이 있다는 사실을 미처 몰랐다. 그저 그 빛 속에 머물러 보고 싶었다.

고개를 조금 숙였을 때 환하게 불이 켜진 커피 자판기가 눈에 들어왔다. 발이 저절로 움직였다. 동전을 집어넣고 메뉴를 골랐다. 커피가 나오는 기계음이 끝나기도 전에 손을 불쑥 넣었다. 종이컵이 만져졌다. 따뜻했다. 이 여름밤을 환히 밝히고 있는 저 달처럼. 커피를 한 모금 마셨다. 뜨겁고 묵직한 것이 천천히 아래로 내려갔다.

서영이에게 전화를 걸었지만 받지 않았다. 차고지를 빠져나와 무작정 걸었다. 버스 정류장에 놓인 벤치로 향했다. 그때 메시지 알람음이 울렸다. 울컥 불안감이 치솟았다. 서영이도 나를 떠날지 몰라. 서영이와 가까워진 건 다 오빠 때문이었으니까. 벤치에 털썩 앉았다. 휴대폰을 꺼내 만지작거렸다. 메시지를 확인해야 한다는 마음과 확인하고 싶지 않은 마음이 싸웠다. 장례식장에서 눈물 한 방울 안 흘린 내 모습에 정나미가 떨어졌다는 메시지면 어쩌지. 당분간 얼굴 보지 말자는 선언이면 어쩌지. 서영이가 아니면 같이 매점에 갈 사람도, 급식을 먹을 사람도 없는 신세인데.

길게 심호흡을 한 번 한 후 휴대폰을 확인했다.

─ 민트문이다. 오빠가 잘 도착했다고, 더는 울지 말라고 속삭이는 것 같아.

글자를 멍하니 들여다봤다. 반복해서 읽다가 눈을 꾹 감았다. 감은 눈에서 눈물이 흘러내렸다. 후드득 떨어진 눈물방울이 바지를 적셨다.

오빠는 팬들을 진심으로 사랑했다. 어떤 힘겨운 일도 팬들이 있는 한 버틸 수 있다고 자주 말했다. 그 말이 거짓 하나 없는 진심이라는 것을 나는 알았다. 우리의 사랑 덕분에 버텨 내고 삶을 살아 낸 순간이 오빠에게도 분명 있었을 것이다.

현실을 외면하고 싶어 오빠와 팬픽의 세계로 도망쳤다. 성적이 떨어질수록, 엄마 아빠의 구박이 심해질수록 그 세계에 더 집착했다. 그곳은 잠깐 꾸는 꿈에 불과할 뿐, 현실이 더 중요하다는 것을 알면서도 내 마음 하나 어쩌지 못했다. 하지만 후회하지 않는다. 팬픽을 쓰면서 처음으로 내가 잘하는 일이 하나쯤 있다는 사실을 발견했다. 오빠를 사랑하는 일은 내 안에 가득 찬 외로움을 다독여 주었다. 사랑을 하는 일은 사랑을 받는 일보다 몇 배로 멋지고 황홀했다.

오빠의 싱글 앨범에 실린 곡 〈디졸브〉에 이런 가사가 나온다. '난 머핀이면 다 좋아.' 그 가사를 들었을 때 얼마나 기뻤는지 모른다. 오빠가 내 팬픽을 잘 보고 있다고 인사를 건네는 듯했다. 아주 힘겨운 어느 날 내 팬픽을 읽고 힘을 얻었다고 말해 주는 듯했다.

민트문이 지그시 나를 내려다보고 있었다. 지금까지 나는 오빠한테 팬레터를 보내지 않았다. 오빠에게 편지가 잘 도착할 거란 생각이 들지 않았기 때문이다. 오빠한테 도착할 값비싸고 좋은 선물들 사이에 내 편지가 끼어 있는 걸 상상만 해도 견딜 수 없었다. 오늘은 오빠에게 편지를 써야겠다. 오빠를 사랑하는 일을 통해 내가 얼마나 단단해졌는지 말해 주고 싶다. 영원히 오빠를 기억할 거라고, 결코 잊지 않을 거라고 이야기해 주고 싶다. 매달 한 통씩 편지를 보낼 것이다. 오빠가 질릴 때까지 말이다. 내 편지 또한 오빠에게 가닿을 수 있을 거라고 믿는다.

모
기

윙윙. 모깃소리가 들립니다.

언니가 수저질을 멈추고 내게 신호를 보냅니다. 나는 감자채를 입에 넣다 말고 두리번거립니다. 잽싸게 몸을 숨겼는지 모기의 흔적을 찾을 수 없습니다. 언니는 눈을 감고 소리에 집중하더니 잠시 후 나를 바라봅니다. 나는 고개를 가로젓습니다. 언니는 어떤 모깃소리도 들을 수 있는 귀를 타고났지만 시력이 나빠 눈으로는 모기를 찾지 못합니다. 눈이 좋은 제가 모기를 찾지 못하자 언니는 다시 고개 숙여 밥상을 봅니다. 언니는 고개를 갸우뚱 기울이더니 무표정한 얼굴로 다시 젓가락을 듭니다. 젓가락으로 밥알을 헤집기만 합니다.

일요일은 가족들이 모여 함께 저녁 식사를 하는 날입니다. 어색한 분위기에서 밥을 먹는 게 싫지만 아빠의 명령이라 어쩔 수 없습니다. 평소 수다가 끊이지 않는 엄마와 언니도 아빠 앞에서는 말을 아낍니다. 원래 말이 많지 않은 오빠는 묵묵히 밥만 먹습니다. 밥을 한 입 먹고 기계적으로 씹다가 멍을 때립니다. 그러다가 자신이 반찬을 먹지 않았다는 사실을 한참 후에 깨닫고는 반찬을 입에 집어넣는 식입니다. 언니는 안색이 좀 창백합니다. 밥도 거의 먹지 않아요. 반찬이 마음에 안 드는 건지, 아니면 또 잠을 못 자고 밤을 지새워서 그런 건지 이유를 모르겠습니다.

아빠는 냄비에 자기 숟가락을 무자비하게 쑤셔 넣고 내용물을 휘휘 저어 댑니다. 아빠가 찾는 건 갈치의 몸통 부분이죠. 내장이 섞인 부위나 꼬리는 보지도 않습니다. 살이 가장 실한 부위는 언제나 아빠 차지입니다. 아빠는 커다란 갈치 몸통을 자기 앞 접시로 가져가 열심히 살을 바르기 시작합니다.

엄마는 언니 접시에 꼬리 부위를 놓으며 눈치를 살핍니다. 언니는 접시를 천천히 내 쪽으로 밉니다. 엄마가 보다 못해 접시를 도로 가지고 가네요. 갈치 살을 발라내 언니 밥그릇 위에 놓아 줍니다.

오늘도 침묵을 깨는 사람은 아빠입니다. 아빠는 식탁 위로 갈치 가시를 퉤, 뱉더니 입을 엽니다. 아빠가 선택하는 주제들은 뻔합니다. 정치, 연예인, 복권 이야기. 이 세 가지에서 벗어나는 법이 없습니다. 출산을 두 달 앞둔 임신부처럼 잔뜩 부풀어 오른 배를 문지르면서 아빠는 주야장천 연예인들의 외모

102

를 비하합니다. 엄마와 언니는 아빠의 말을 듣는 척도 안 합니다. 나는 막내로서 소임을 다하기 위해 가끔 아빠와 눈을 마주쳐 줍니다. 그러면 아빠는 내 눈을 바라보며 열변을 토합니다. 그래도 연예인 이야기는 들어 줄 만합니다. 정치 이야기에 비하면요. 아빠가 정치인들을 욕할 때면 나는 참 난감합니다. 정치인한테 관심이 1도 없는데도 고개를 끄덕여 줘야 하거든요.

엄마가 언니에게 눈빛으로 신호를 보냅니다. 국을 떠먹는 척하다가 살며시 고개를 들어 그들이 주고받는 신호를 훔쳐봅니다. 언니는 민첩하게 고개를 끄덕입니다.

"엄마, 저녁 먹고 나랑 찜질방 갈래요?"

언니의 말에 가족들은 모두 엄마를 바라봅니다. 엄마는 잠시 뜸을 들이더니, "몸도 찌뿌듯한데 그럴까?"라고 말합니다.

나는 엄마와 언니가 나눈 대화의 진짜 뜻을 알고 있습니다. 하지만 알고 있다는 걸 들키면 안 되기 때문에 고개를 숙인 채 감자채를 열심히 퍼먹는 척합니다.

무언가가 휙 지나갑니다. 혹시 모기인가 싶어 눈을 크게 뜹니다. 다행히 날파리입니다. 식탁 모서리에 사뿐히 앉은 날파리를 오빠가 손바닥으로 쳐 죽이더니 눈 하나 깜짝하지 않고 다시 밥을 먹습니다.

오빠는 언제나 모기의 표적입니다. 모기들도 나름의 기준과

취향이 있는 모양입니다. 땀 냄새가 지독한 아빠는 여름철마다 옷을 다 벗고 자는데도 모기한테 물리지 않거든요. 오빠의 피는 모기들이 환장할 만큼 달콤한 게 틀림없습니다. 게다가 오빠의 발바닥은 부드럽고 연한가 봅니다. 여름마다 오빠의 발바닥은 남아나질 않습니다. 발바닥에 생긴 상처를 벅벅 긁다 피를 보기도 합니다. 무엇보다 오빠의 피부는 상처에 민감해 한번 벌레에 물리면 진물이 생길 정도로 잘 곪습니다. 벌레 물린 곳에 바르는 약도 잘 듣지 않고요.

오빠는 늘 말합니다. 겪어 본 사람만 알 수 있는 고통이라나요. 여름마다 모기한테 당하는 오빠 때문에 아빠는 가슴이 찢어진다고 말합니다. 지독한 냄새 덕분에 모기들로부터 공격받지 않는 아빠가 모기를 혐오하는 이유도 오빠 때문이죠.

종류를 가리지 않고 벌레를 혐오하는 언니는 남들보다 청력이 뛰어납니다. 언니는 모기를 보지 않습니다. 듣습니다.

"이게 한 번 들리면 계속 들려. 환청인지 진짜 모깃소리인지 구분도 안 가."

언니가 이렇게 말한 적이 있어요. 언니는 모깃소리를 들은 날은 잠을 못 잡니다. 원래도 불면증이 있는 편인데 여름에는 거의 잠을 못 자는 것 같아요. 엄마는 언니의 불면증 때문에 걱정이 많습니다.

엄마는 자기 얼굴에 흉터가 날까 봐 모기를 싫어합니다. 자타공인 동네 미인인 엄마는 내가 봐도 다른 아줌마들보다 예쁜 편입니다. 사십 대 중반을 넘긴 나이에도 허벅지에 딱 붙는 청바지와 형광색 두건이 잘 어울리거든요. 게다가 엄마가 어렸을 때 왕모기에게 물린 적이 있는데 학교를 못 갈 정도로 눈두덩이와 입술이 부어올랐다고 해요. 그 악몽 같은 기억 때문에 엄마는 모기를 무서워합니다.

나는 모 방송국에서 방영했던 모기에 관한 다큐멘터리를 본 이후로 모기를 싫어하게 됐습니다. 사람들을 겁주기 위해 만든 다큐멘터리 같았는데 모기를 몇만 배나 확대해서 보여 주더군요. 모기가 사람의 피부에 앉아 흡혈하는 과정을 꼼꼼히 촬영해 보여 줬습니다. 가장 끔찍했던 장면은 모기 때문에 사상충에 감염된 소의 눈알이었습니다. 새하얀 눈 속을 몸통이 긴 기생충이 마음껏 헤엄치고 다니는 모습은 진짜 충격적이었어요.

"김치 더 가져와!"

아빠는 젓가락 끝으로 그릇을 탕탕 두드립니다. 당장 김치를 가져오지 않으면 가만두지 않겠다는 듯 위협적인 표정이네요. 엄마가 자리에서 일어납니다. 그사이 아빠는 자기가 먹은 것 다음으로 커다란 갈치 한 토막을 오빠의 접시에 놓습니다. 언니는 그런 아빠를 매섭게 흘겨봅니다. 나는 엄마가 김치 냉장고에서 김치통 꺼내는 걸 바라봅니다.

오빠가 태어났을 때 아빠는 병원 복도에서 덩실덩실 춤을

쳤다네요. 할머니가 해 준 이야기입니다. 아빠는 오빠에게 기대하는 바가 많았습니다. 첫째는 '사' 자로 끝나는 직업을 갖는 것. 의사, 변호사, 교사 등등 '사' 자로 끝나는 일을 하며 재산을 불려 자신이 이루지 못한 성공적인 삶을 살길 바란 겁니다. 안타깝게도 오빠는 공부에 소질이 없었어요. 오빠의 눈은 오직 게임할 때만 반짝거렸죠. 오빠가 대학을 포기하고 프로게이머가 되겠다고 했을 때 아빠 얼굴이 어땠는지 또렷이 기억합니다. 한 번도 오빠에게 화를 낸 적 없던 아빠 얼굴은 분노로 부풀어 올라 곧 헐크처럼 폭발할 것 같았죠. 아빠는 며칠 동안 방문을 닫고 두문불출하며 오빠와 말도 하지 않았습니다.

그로부터 일주일쯤 뒤의 일입니다. 아빠는 거나하게 술에 취해 들어왔습니다. 다짜고짜 오빠를 불러 자기 앞에 앉히더니 이렇게 말했죠.

"요즘 프로게이머가 그렇게 잘나간다며? 연봉도 세고?"

아빠는 호탕하게 웃었습니다. 오빠에게만큼은 자상하고 이해심 많은 아빠로 다시 돌아간 거죠.

"큰 경기 몇 번 이기면 CF도 찍는다며?"

껄껄껄. 아빠의 웃음소리가 방까지 들렸습니다. 아빠가 모르는 사실이 하나 있습니다. 아무나 프로게이머가 되는 게 아니라는 거죠.

사람들은 의사, 변호사, 공무원 같은 직업에 비하면 프로게이머는 아무나 될 수 있는 직업이라고 생각합니다. 오해이고 착각입니다. 전국에서 몰려든 수천 명의 프로게이머 지망생들이 토너먼트 방식으로 수십 번 경기를 치릅니다. 한 번도 패배하지 않고 살아남아도 게임단 입단 제의를 못 받을 수 있습니다. 프로게임단과 계약을 하는 길이 이토록 멀고 험합니다. 게다가 십 대 때부터 프로게이머 학원에 다니면서 준비하는 사람들이 많은데 오빠는 나이도 많고 실력도 어정쩡하니 문제죠. 게임단에 들어가는 게 끝이 아닙니다. 프로 야구처럼 1군, 2군, 3군이 존재하거든요. 1군이 돼야 경기에 투입되고 연봉도 세게 받는 거죠. 아빠는 정말 모르는 게 많습니다. 연예인 이야기에는 빠삭하지만요.

어쨌든 오빠는 몇 주 후에 열리는 아마추어 게이머들의 경기를 준비하고 있습니다. 거기서 오빠가 한 번도 지지 않고 1등을 할 수 있는 확률은 아빠가 평생 읽은 책의 권수와 비슷하지 않을까요? 아빠가 책을 읽는 걸 딱 한 번 봤거든요. 책의 제목은 『복권 당첨의 비밀』. 나는 아빠를 닮고 싶지 않아 책을 정말 열심히 읽고 있습니다.

"갈치 안 좋아하지?"

언니는 오빠한테 이렇게 말하고는 오빠 앞 접시에 놓인 갈치를 가져갑니다. 언니는 늘 이런 식입니다. 아빠가 싫어하는 말과 행동을 거리낌 없이 합니다. 일부러 하는 것 같기도 합니다. 아빠가 자기 얼굴을 무섭게 노려보는데도 전혀 기죽지 않고 말이죠. 어쩌면 저 대담한 기개와 자존심이야말로 언니가 이 집에서 살아남기 위해 선택한 생존 방식인지도 모릅니다.

"재림이랑 나눠 먹어. 요즘 갈치가 얼마나 비싼데."

아빠는 또 나를 걸고넘어집니다. 언니는 미간을 찌푸리며 갈치를 반으로 나눕니다. 나는 아빠가 언니에게 저런 말을 할 자격은 없다고 생각합니다. 아빠가 로또 복권에 몇 달치 생활비를 다 날렸을 때, 엄마 몰래 아빠를 도와준 사람이 언니니까요.

"하긴 요새 돈 좀 만지니까 뵈는 게 없겠지."

아빠 말에 날이 서 있습니다. 아빠는 오빠보다 언니가 돈을 더 잘 번다는 사실이 무척 불만인 듯합니다.

"그만해요, 좀."

엄마가 날카롭게 쏘아붙입니다. 엄마는 아빠가 자신에게 뭐라고 하는 건 참지만 언니에게 잔소리할 때만큼은 참지 않습니다.

아빠가 자신에게 기대하는 바가 없다는 걸 일찍 깨달은 언니는 엄마가 자신에게 기대하는 것을 이루기 위해 노력했습니다. 그 결과 언니는 공부를 잘했죠. 언니는 아빠가 오빠에게 원했던 명문대 행정학과를 한 번에 들어갔습니다. 뿐만 아니라 손재주가 좋은 친구와 재미 삼아 시작한 액세서리 인터넷 쇼핑몰이 대박 난 겁니다. 눈썰미가 좋은 자기 능력을 발휘하

고 싶어 과외로 사업 자금을 악착같이 모았다고 합니다. 언니
는 한번 결심하면 그걸 무조건 이루는 독종입니다. 언니의 한
달 수입은 언니 일기장에 빼곡히 기록되어 있습니다.

엄마는 주위 사람들에게 언니를 자랑하기 바쁩니다. 그런
엄마 때문에 오빠는 좌절감을 느꼈을지도 모릅니다. 오빠 또
한 엄마에게 인정받고 싶었을 테니까요. 남편에게 신혼 초부
터 질려 버린 엄마는 자식들한테 매달렸습니다. 방과 후 내놓
는 간식은 손수 만들었고 라면은 입에도 못 대게 했죠. 하지
만 어떤 사랑이든 대가를 요구하기 마련이죠. 엄마는 노련한
조련사가 동물을 사육하듯, 사랑이라는 먹이를 실에 매달아
놓고 오빠와 언니를 경쟁시켰습니다.

"아빠, 저 갈치 안 좋아해요."

묵묵히 밥만 먹던 오빠가 드디어 입을 열었습니다. 오빠가
갈치를 좋아하지 않는다는 사실을 모르는 사람은 아빠뿐입니
다. 아빠는 흠, 헛기침을 하더니 국물을 후루룩 마십니다. 이
바보 같은 저녁 식사가 어서 끝났으면 좋겠습니다.

모기는 의외로 영리한 녀석들입니다.

모기는 사람들이 자는 밤에 유독 자주 나타납니다. 밝을 때
는 어두운 곳에 숨어 있는 거죠. 아직 피를 빨지 않은 모기는
움직임이 민첩하지만 일단 피를 빨면 몸이 몇 배는 커집니다.
빨갛게 부풀어 오른 주머니 때문에 무거워진 몸을 움직일 수

없어 잠시 쉬어야 하는데 그때 모기는 사람들이 잡기 힘든 옷장 아래, 환풍구 모서리 같은 데 앉아 있기 일쑤입니다.

지피지기면 백전백승입니다. 저는 평소 모기 공부를 많이 해 뒀습니다. 인터넷 백과사전에 검색하면 모기에 관한 많은 정보를 얻을 수 있습니다.

해마다 모기가 옮기는 병으로 죽는 사람이 70만 명 이상입니다. 아주 위험한 존재죠. 모기는 사람의 피를 빼는 육식성 곤충으로 암컷만 피를 빱니다. 동물성 단백질이 있어야 난소의 알이 자란다고 합니다. 첫 흡혈 후 알이 다 자라면 알을 낳고 곧바로 다음 산란을 위해 숙주를 찾습니다. 암컷의 평균 수명은 30일. 한 마리당 최소 50회, 최대 60회의 흡혈 활동을 하죠. 그러니 모기한테 한 방 물렸다고 끝이 아닙니다. 모기는 늘 사람을 물 준비가 되어 있거든요. 그래서 언니는 늘 강조합니다. 모기의 사체를 반드시 확인해야 한다고요. 얇은 책 두 권으로 모기를 압사시켜야 한다고요. 사체 확인을 중요하게 생각하는 언니는 부득이한 경우가 아니면 살충제를 뿌리지 말자고 주장합니다. 모기가 책으로 죽일 수 없는 애매한 위치에 앉아 있는 경우에만 살충제를 뿌리자는 거죠.

아무리 생각해도 언니의 일기장을 훔쳐보기 시작한 건 잘한 일입니다. 현대판 전쟁은 결국 정보전이니까요. 누가 정보를 효율적으로 수집하고 써먹느냐가 관건인 거예요. 저는 유

110

독 역사 과목을 좋아하는데, 역사를 공부해 보면 정보가 얼마나 중요한지 금방 알 수 있습니다.

언니의 일기장은 알짜 정보 집결지라고나 할까요. 언니는 가족들에 관해 모르는 것이 없습니다. 가족들 비밀은 고스란히 언니의 일기장으로 흘러들어 옵니다. 비밀은 알고 있는 사람에게 큰 무기가 되죠. 가령 엄마는 성적이 조금 떨어진 일로 나를 혼낼 수 없을 겁니다. 내가 엄마의 비밀을 알고 있으니까요. 오빠 또한 내가 쪼그맣다고 놀리다가는 큰코다칠 겁니다.

중3이 되었는데도 어른들은 저를 어리다고 생각하는지 웬만한 일은 비밀로 합니다. 정말 어이가 없습니다. 돈 버는 데 급급해 책 읽을 시간조차 없는 언니보다 더 많은 책을 읽는 겁니다. 세상에 대한 이해도 언니한테 뒤지지 않는다고 생각합니다. 그런데도 엄마는 뭐든 언니하고만 의논합니다. 언니에 비해 공부를 못하는 편도 아닌데. 저는 그런 것에 화가 나서 언니의 일기장을 훔쳐보기 시작했습니다. 언니가 알고 있는 모든 걸 저도 알아야 한다고 생각했거든요.

언니의 일기장은 정말 재밌습니다. 가족의 치부뿐만 아니라 언니의 불만들까지 알 수 있거든요. 겉으로는 효녀인 척, 엄마를 세상에서 가장 사랑하는 척하지만 언니도 엄마에게 불만이 많더군요.

설거지를 하고 나면 엄마와 언니는 찜질방에 갈 겁니다. 사실 찜질방에 가는 사람은 언니 혼자입니다. 엄마는 에어로빅을 함께하는 동생들과 가장 핫한 클럽으로 향할 겁니다. 엄마가 찜질방에 간다고 할 때마다 멋지고 어려 보이는 옷들을 입는 이유입니다. 남에게 아무 관심이 없는 아빠는 엄마 옷차림에 신경도 쓰지 않을 거지만요. 엄마는 고막을 찢을 정도로 큰 음악 소리에 몸을 흔들고 술도 마실 겁니다. 그러면 일주일 치 스트레스가 다 풀린다나요. 언니 일기장에 기록된 내용에 따르면 그렇다 이 말입니다.

사람들은 다른 사람에게 말하기 힘든 내면의 불순물을 일기장에 기록합니다. 일기장은 내면의 쓰레기통 같습니다. 마음속에 냄새나는 쓰레기 하나쯤 없는 사람은 없지만 모든 사람이 이 쓰레기를 일기장에 버리는 것도 아닙니다. 오빠 같은 사람은 쓰레기 버리는 일이 귀찮아 일기를 쓰지 않고, 아빠 같은 사람은 자기 쓰레기가 뭔지도 모를 정도로 단순하거든요. 다만 일기를 쓰는 사람들은 그렇지 않은 사람들에 비해 자기 마음을 자주 들여다보는 부지런함이 있는 거겠죠.

언니가 외출한 틈을 타 언니 책상에서 일기장을 훔쳐보곤 합니다. 하늘에 걸린 커다란 상현달이 제 행동을 책망하는 듯해도 일단 무시하고 일기장에 적힌 글자를 봅니다. 읽다 보면 다들 참 딱하다는 생각이 저절로 듭니다. 사는 게 참 쉽지가 않구나 싶어요. 비밀 없이, 치부 없이, 슬픔 없이 어른이 되기는 어려운 거구나. 그렇다면 영원히 어른이 되고 싶지 않다.

그런 생각까지 듭니다.

"갈치조림이 완전 소태야. 당신 혀도 늙었어."

땀을 흘리며 밥 두 공기를 비운 아빠입니다. 언니와 나는 그릇을 개수대로 치우며 입을 삐죽 내밉니다.

"어머님이 담가 주신 된장이 짜서 그렇지 뭐."

엄마가 토를 달자 아빠 얼굴이 붉으락푸르락 변합니다.

"이 사람이. 왜 우리 엄마 탓을 해?"

언니는 화를 참기 위해 개수대 앞에서 숨을 고릅니다.

"그렇게 짜진 않던데요."

오빠가 작게 말합니다. 오빠 말 한마디에 아빠의 화는 누그러집니다. 고무장갑을 끼는 엄마 얼굴이 벌겋게 달아오릅니다. 엄마가 화를 참을 때 나타나는 현상이죠.

아빠는 우리 집 은따입니다. 은따, 아시죠? 은근히 따 시킬 수밖에 없는, 재수 없는 사람이요. 물론 아빠는 법적으로 별 문제가 없는 우리 집 가장이 맞습니다. 자식들 등록금을 마련하느라 열심히 일하고 매달 생활비도 어느 정도 갖다줍니다. 매일 일찍 귀가해 텔레비전만 껴안고 사는 걸 보면 여자가 없는 것도 뻔합니다. 가끔 지나칠 정도로 로또 복권을 많이 사는 것만 빼면 별 문제가 없어 보일 수도 있습니다. 하지만 내 눈에 아빠는 은따를 당해도 쌉니다.

아빠는 남의 말은 아예 듣지 않고, 말만 많고, 손도 잘 닦지 않고, 코를 심하게 골고, 욕을 달고 삽니다. 아빠의 가장 큰 문제는 잘못된 고정 관념입니다. 아들이 딸보다 성공해야 한다는 둥, 가장을 잘 대접해야 한다는 둥 하는 생각마다 구리고 시대착오적입니다. 요즘 사람들 앞에서 발설하면 몰매 맞을 생각만 수집해 머릿속에 넣고 다닌다니까요.

그리고 아빠는 일 년에 두 번 일을 저지릅니다. 무슨 중요한 의례처럼 상반기에 한 번, 하반기에 한 번 술에 취해 떡이 됩니다. 고주망태가 되어 집 안의 물건을 부수거나 이웃들과 싸웁니다. 그 때문에 이웃과 사이가 나빠져 이사를 다닌 게 열 번이나 됩니다. 심지어 경찰들과도 맞짱을 뜹니다. 경찰에서 날아온 범칙금도 수백만 원입니다. 그런데도 아빠는 가족들한테 평생 '미안하다'는 말을 한 적이 없습니다. 늘 기억이 하나도 나지 않는 것처럼 굽니다. 잘못을 저지르면 엄마 눈치를 보다가 외식을 가자고 하거나 우리에게 새 스마트폰을 할부로 사 줍니다. 그게 끝입니다. 가족들은 아빠가 자기 잘못을 인정하고 진심으로 사과해 주기를 바랐습니다. 하지만 아빠는 사과야말로 자신의 권위를 손상시키는 일이라고 믿는 듯합니다. 아빠에게 가장 중요한 건 자존심인가 본데, 그게 전 이해가 안 갑니다. 요즘 누가 가장의 권위를 운운하며 그런 걸로 '자존심'을 지킬 수 있다고 믿나요?

순둥이 오빠는 아빠가 딱한 사람이라고 말합니다. 누구도 아빠와 밥 먹고 싶어 하지 않고 누구도 아빠와 함께 시간을 보내고 싶어 하지 않으니까요. 어쨌거나 아빠의 전폭적인 사랑을 받는 오빠마저도 아빠를 견디기 힘들어하는 것이 팩트입니다.

가족들은 모두 엄마의 눈치를 살핍니다. 가끔 아빠도 그럽니다. 언니도 돈을 제법 벌지만 역시 엄마 눈치를 봅니다. 입맛이 엄청나게 까다로운 언니는 배달 음식을 싫어합니다. 짜고 맵고 달아 두 번 연달아 먹으면 질린다네요. 그런데 언니는 요리는 전혀 못하고 어디서 신선한 재료를 사야 하는지도 모릅니다. 엄마는 가족의 까다로운 입맛을 맞추기 위해 고기, 생선, 채소, 과일을 전부 다른 곳에서 삽니다. 뿐만 아니라 수건과 행주 따위를 매일 삶습니다. 결벽증이 있는 오빠는 엄마가 삶아 준 수건이 없으면 하루도 못 살 겁니다.

"재림이도 커피 마실래?"
"아뇨. 아이스티 마실게요."
조금만 더 참자고 속으로 읊조립니다. 차만 마시면 저녁 식사는 끝납니다. 저녁 식사만 끝나면 가족들은 각자 방으로 돌아갈 겁니다. 아빠는 안방으로, 아빠와 같은 방을 쓰기 싫어하는 엄마는 거실로, 자식들은 자기 방으로. 그러면 언제 그랬냐는 듯 평화로운 침묵이 흐를 겁니다.
"아빠, 드릴 말씀이 있는데요."
오빠는 앞에 놓인 유리컵을 만지작거리며 말합니다.

"그래, 뭐냐."

오빠가 마른침을 삼킵니다. 설마 그 이야기를 꺼내려는 건 아니겠죠? 나는 아이스티를 벌컥벌컥 마십니다.

"아이스티 더 있어요?"

나는 부러 큰 소리로 외칩니다. 아빠는 주먹을 쥐고 내 머리에 꿀밤을 놓습니다.

"어른들 말하는데 조용히 좀 해라."

"저도 할 말 있어요."

언니가 당당하게 말하지만 아빠는 언니의 말을 귓등으로 흘리고 커피를 홀짝입니다. 언니도 할 말이 있는 모양입니다. 오늘따라 다들 왜 이러는 걸까요?

"엄마, 다음 주에 내 생일인 거 알죠? 오빠도 알지? 언니도?"

나는 언니 일기장에 적힌 비밀들이 까발려지기를 원치 않습니다. 오빠와 언니가 아빠와 싸우는 것도, 엄마가 고개를 절레절레 저으며 한숨을 쉬는 것도 싫습니다.

"내가 받고 싶은 선물은……."

"막내, 조용히 못 하냐!"

나는 필사적으로 분위기를 바꾸려 애쓰지만 아무 소용이 없습니다. 아빠는 무서운 눈초리로 나를 노려봅니다.

"재민이, 얘기해 봐라."

아빠는 자기가 무슨 조선 시대 왕인 것처럼 목소리를 낮게

깝니다. 저 표정은 정말 아이러니합니다. 절대 권력을 손에 쥐고 있다고 착각하고 있는 왕의 얼굴이니까요. 술배가 툭 튀어나온 왕이 건강이 좋지 않아 바짝 마른 세자와 왕 놀이를 즐기는 듯한 저 흡족한 미소를 보니 비위가 상합니다.

"저, 그게⋯⋯."

오빠는 뜸을 들입니다. 난 오빠의 비밀을 압니다. 물론 언니도 알겠죠. 오빠는 현재 자기보다 아홉 살 많은 여자와 연애를 하는 중입니다. 애인의 씀씀이가 헤퍼 오빠가 카드값을 대신 내주고 있습니다. 얼마 되지 않는 용돈으로 말이죠. 고루하고 시대에 뒤쳐진 아빠에게 이 소식은 충격 그 자체일 겁니다. 그렇다면 언니의 비밀은 무엇이죠? 최근 일기장에 적힌 내용들을 반추해 보지만 딱히 떠오르는 게 없습니다.

가족들이 모르는 게 하나 있습니다. 공부도 잘하고 돈도 잘버는 엄친딸 언니도 모르고, 자식들에 대해서 일거수일투족 다 안다고 생각하는 엄마도 모르는 사실입니다. 비밀을 일기장에 상세하게 적는 언니와 달리, 나는 비밀이라는 것은 마음속 깊은 곳에 품고 있어야 된다고 믿습니다. 그래서 가족들은 나의 비밀을 모릅니다.

함께 목욕탕에 갈 때마다 언니는 아기들을 보고 만지느라 정신이 없습니다. 아기들의 귀여운 손가락과 발가락을 하나하나 만져 보고 감탄을 거듭합니다. 아기 엄마들이 언니한테 아기를 잠깐 맡기고 탕에 들어갔다 올 정도입니다.

언니가 때밀이 장갑으로 제 등을 밀어 주면서 했던 말을 생생하게 기억하고 있습니다.

"재림아, 너 아기 때 얼마나 예뻤는지 아니? 목소리는 또 얼마나 귀여웠는지 몰라. 나도 얼른 아기 낳고 싶다."

"언니는 비혼주의자잖아."

"결혼 안 하고 아기만 낳으면 되지."

"에?"

나는 입을 크게 벌렸고 언니는 때밀이 장갑에 비누를 묻혀 내 등을 문질렀습니다.

"왜? 넌 아빠가 꼭 필요하다고 생각해?"

나는 언니의 질문에 선뜻 대답하지 못하고 머뭇거렸습니다. 잠시 뒤 언니가 하는 말은 이랬습니다.

"일을 저지르는 아빠가 있는 것보단 아예 없는 게 나을지도 몰라."

언니가 이렇게 말한 순간, 저는 진심으로 고민했습니다. 언니한테 비밀을 털어놓고 싶어 죽을 지경이었습니다.

두 손을 포개어 배 위에 살며시 올립니다. 비밀을 알려야 하는데, 용기가 나지 않습니다. 이 비밀이 알려진다면 엄마, 오빠, 언니는 어떤 반응을 보일까요? 앞으로 계속 용기가 나지 않는다면 저 또한 일기라도 써야 하는 걸까요?

"모기예요!"

내 목소리가 날카롭게 째집니다. 작은 모기 한 마리가 오빠의 팔에 앉았습니다. 오빠의 향긋한 피 냄새를 맡은 게 분명합니다. 모기의 실체를 확인한 오빠의 얼굴이 창백하다 못해 시체처럼 차갑게 질립니다.

"가만히 있어!"

엄마가 명령했지만 오빠는 겁에 질려 팔을 내저었고 모기는 빠른 속도로 날아갑니다. 날아다니는 물체를 잘 포착하는 내가 나설 타이밍입니다. 나는 눈으로 모기의 흔적을 집요하게 쫓습니다. 언니는 눈을 질끈 감고 소리에 집중합니다.

"자, 다들 준비!"

아빠의 명령이 떨어지자마자 가족은 분주히 움직입니다. 가족의 자랑인, 체계적인 모기 살상 시스템이 가동됩니다. 오빠는 모기향을 피우고, 언니는 얇고 말랑말랑한 시집 두 권을 가져오고, 엄마는 살충제 스프레이를 듭니다. 나는 집 안을 샅샅이 훑습니다. 오디오 버튼, 문고리, 식탁 모서리, 침대 아래, 신발장 안 등을 차례로 뒤집니다. 모기가 날아다닐 때는 소리가 나지만 어딘가에 차분히 앉아 있다면 예민한 청각도 소용없습니다.

"그 책은 얇아."

오늘도 아빠는 입으로 모기를 잡습니다. 구석구석 약을 뿌리면 나올 거라는 둥 쉴 새 없이 떠듭니다.

"쉿."

언니는 집게손가락을 입술 중앙에 갖다 대며 아빠에게 주의를 줍니다. 아빠의 말소리는 모깃소리를 들어야 하는 언니를 방해합니다. 차라리 오빠처럼 가만히 구석에 앉아 있는 게 도와주는 건데 아빤 그걸 모릅니다.

나는 전문가답게 모기의 위치를 금세 찾아냅니다. 오늘의 주인공은 식탁 다리의 모서리에 얌전히 앉아 있네요. 모서리는 책으로 죽이기 어려운 자리입니다. 모기 위치를 손가락으로 가리키자 언니가 엄마에게 신호를 보냅니다. 행동이 민첩한 엄마는 살충제 뿌릴 준비를 합니다. 이때 살충제를 강하게 뿌려야 합니다. 서서히 많이 뿌리는 건 금물입니다. 모기들은 재빠른 놈들이어서 처음에 살충제로 타격을 주지 못하면 더 구석으로 숨어듭니다.

엄마가 서서히 식탁으로 다가갑니다. 주인공에게서 눈을 떼지 않으며 신중하게 타이밍을 노립니다. 치칙, 살충제가 분사됩니다. "인생 뭐 있어? 전부 타이밍이야." 엄마가 자주 하는 말이죠. 살충제는 모기에게 강한 타격을 줍니다. 모기는 비틀거리다가 바닥으로 고꾸라집니다. 그 순간을 놓치지 않고 언니는 책으로 모기를 압사시킵니다.

"잡았어요!"

언니가 큰 목소리로 외칩니다. 오빠는 그제야 한숨을 길게 내쉽니다. 언니가 천천히 책을 뒤집자 모기 사체가 드러납니다. 모기는 원래 형태를 알아볼 수 없을 정도로 찌그러져 있습니다. 오빠가 휴지로 모기 사체를 집어 쓰레기통에 버립니다. 나는 휴지로 시집을 깨끗이 닦습니다.

"재민이, 얘기해 봐라."

가족들이 식탁에 다시 앉자 아빠는 오빠를 다그칩니다. 오빠는 입이 마르는지 입술에 침을 묻힙니다.

"그러니까……."

그 사이를 참지 못하고 언니가 끼어듭니다.

"제 돈 삼천만 원. 언제 갚으실 거예요?"

언니의 발언에 엄마 눈빛이 흔들립니다. 아빠의 눈썹은 송충이처럼 꿈틀댑니다.

"재영아, 무슨 소리니?"

엄마가 언니의 어깨를 붙잡으며 묻습니다.

"아빠가 몇 달 전에 빌려 갔어요. 생활비 부족하다고."

"어허! 엄마한테는 비밀로 하기로 했잖아!"

아빠는 적반하장입니다. 언니가 약속을 지키지 않았다며 삿대질을 합니다.

"지 혼자 잘났지. 돈 좀 만지더니 막가는구먼."

"당신, 그게 지금 할 소리야!"

엄마는 아빠를 바라보며 꽥 고함을 지릅니다. 궁지에 몰린 아빠가 벌떡 일어나더니 언니 머리를 손바닥으로 내려치려합니다. 그 순간 오빠가 앙상한 두 손으로 아빠의 팔을 잡습니다. 아빠의 둔중한 몸에 필사적으로 매달립니다.

"아빠, 말로 해요. 말로."

엄마가 언니 앞으로 몸을 내밉니다. 엄마는 온몸으로 언니를 방어합니다. 언니는 아빠를 집요하게 째려봅니다.

"제가 은행이에요? 왜 맨날 빌려만 가고 안 갚아요?"

아빠는 있는 힘껏 컵을 내려놓으며 목소리를 높입니다.

"너 말 다했어? 어디서 눈을 부라려!"

쩽 하는 소리와 함께 식탁 유리가 산산조각 납니다. 다행히 유리 조각이 바닥으로 떨어지지는 않았습니다. 일단 가족들은 모두 멈춤 상태를 유지합니다. 돈을 갚지 않은 아빠가 화를 내는 상황도 이해가 가지 않지만 저는 언니에게도 화가 납니다. 자신과 관련된 모든 것을 미주알고주알 일기장에 적어 두는 언니가 왜 이 이야기를 적지 않고 감쪽같이 저를 속인 걸까요?

"한 마리 더 있어요!"

모기가 다시 포착됩니다. 가족들이 다시 일사불란하게 움직입니다. 오빠는 모기가 방으로 들어가지 못하도록 방문을 닫고, 언니는 시집 두 권을 다시 손에 쥐고, 엄마는 살충제 스프레이를 양손에 하나씩 듭니다.

"한 마리가 아니라 두 마리예요!"

언니의 목소리에 가족들은 빠르게 반응합니다. 두 마리라는 말에 나는 얼어붙습니다. 모기는 암컷만 피를 뽑니다. 알을 낳기 위해 흡혈을 하는 겁니다. 그렇다면 모기가 사람의 피를 빠는 행위는 자식을 위한 모성애 때문 아닌가요?

"재림아, 찾고 있지?"

언니의 물음에 나는 고개를 끄덕입니다. 일단은 눈으로 모기를 찾는 척합니다. 마음을 비우니 모기 위치가 더 잘 보입니다. 모기 한 마리가 텔레비전에 앉아 있습니다. 텔레비전이 시커멓기 때문에 가족들은 찾기 어려울 겁니다.

"저기 있어!"

오빠가 외칩니다. 오빠는 언제 그걸 또 본 걸까요. 오빠의 말에 가족들이 움직입니다. 나는 짐짓 큰 목소리로 외칩니다.

"창문에도 한 마리 있어요!"

제 말에 가족들의 동선이 꼬입니다. 거실 창문으로 가려던 아빠와 텔레비전으로 향하던 오빠가 부딪히고 엄마는 창문을 향해 마구 살충제를 뿌립니다. 언니는 창문을 향해 시집을 힘껏 던지고 그 시집에 저는 옆다리를 맞고 쓰러집니다. 쓰러진 내 몸에 걸려 엄마가 비틀대다가 넘어집니다. 넘어지기 직전까지 엄마는 아빠의 바지를 잡아당기며 중심을 잡으려 필사적입니다. 아빠는 엄마의 손아귀 힘에 바지가 벗겨지는 사태를 막으려고 젖 먹던 힘을 다해 최후의 저항을 합니다.

"한 마리 잡았어요!"

언니가 땀을 닦으며 외칩니다. 언니의 옷은 땀에 흠뻑 젖어 있습니다.

“마지막 모기도 처리!”

오빠가 안경을 벗으며 환호합니다. 오빠의 안경은 엄마가 뿌려 댄 살충제로 뿌옇게 변해 있습니다.

“미션 완료!”

엄마가 함박웃음을 짓습니다. 오빠와 언니가 얼싸안고, 아빠가 만세 삼창을 합니다. 엄마가 내 손을 꽉 잡아 줍니다. 지금 이 순간의 일체감을 영원히 잊지 못할 것 같습니다. 아니, 잊지 못할 것 같은 척을 합니다.

가족들이 모르는 게 하나 더 있습니다. 모기는 절대 동족의 피를 빨지 않는다는 겁니다. 바보 같은 저녁 식사가 드디어 끝났습니다.

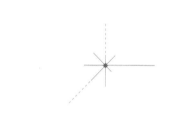

양옥

동욱은 자전거를 타고 좁은 보도블록 위를 달렸다. 후드티 주머니에 한쪽 손을 집어넣고 남은 한 손으로 운전을 했다. 껌을 딱딱 씹으며 페달을 밟았다. 동욱의 얼굴은 햇볕을 쬐지 못한 뱀파이어처럼 하얗고, 눈썹은 하얀 얼굴에 먹을 칠한 것처럼 생뚱맞게 짙었다. 갸름한 얼굴형에 뾰족한 턱이 빛을 받아 매끈하게 반짝였다.

동욱은 보도블록 위를 걸어가는 사람들에게 벨을 울렸다. 딸랑딸랑. 사람들은 벨소리에 발걸음을 보도블록 가장자리로 옮기면서 볼멘소리를 했다. 어이, 여긴 인도라고. 어린놈이. 구시렁대는 사람들을 무시하고 동욱은 더 빠른 속도로 자전거를 몰았다.

"야, 거기 서 봐!"

한 남자가 동욱의 앞길을 가로막았다. 동욱은 급하게 브레이크를 잡았다.

"사람들 걸어가는 거 안 보여?"

나이가 지긋해 보이는 남자가 중후한 목소리로 말했다.

"그래서요?"

동욱은 껌을 바닥에 퉤, 뱉고 말했다.

"쪼그만 게 어디서 눈을 부라려?"

"씨발, 재수 없게."

"너, 뭐라고 했어?"

남자는 옆구리에 양손을 얹더니 눈을 크게 부릅떴다. 동욱은 페달에 발을 올리고 있는 힘껏 속도를 냈다. 남자는 그 기세에 밀려 몸을 피했다.

"이 새끼, 거기 안 서!"

남자가 무섭게 고함을 쳤다. 동욱은 킬킬거리면서 속도를 높였다. 시원한 바람이 뺨을 스쳤다.

　학교 앞에 도착했다. 지윤의 모습이 보이지 않았다. 주머니에서 휴대폰을 꺼내 시간을 확인하니 약속 시간이 지나 있었다. 무슨 일이 생겼나 걱정하며 자전거를 돌려세우는데 지윤이 나타났다. 지윤은 마지못해 걷는 사람처럼 어기적어기적 걸어오고 있었다. 동욱은 자전거에서 내린 뒤 지윤에게 다가갔다.

"어디 아파?"

동욱이 물었다. 지윤은 대답하는 대신 미간을 찌푸렸다. 동욱은 눈밖에 안 보이는 지윤의 얼굴을 세심히 살폈다. 작은 얼굴에 비해 눈이 지나치게 크다고 할까. 지윤의 눈은 대책 없이 벌어진 틈이나 동굴을 연상하게 만들었다.

"생리 터졌어. 팬티가 다 젖었어."

지윤의 말에 동욱은 눈을 동그랗게 뜨며 물었다.

"생리대는?"

"아 씨, 없으니까 이러고 있지."

동욱은 지윤에게 돈이 있느냐고 물어보지 않았다. 물어보나마나 뻔한 대답이 돌아올 테니까. 지윤은 원래 돈을 가지고 다니지 않았다.

"기다려 봐."

동욱은 주머니를 뒤져 봤다. 주머니에는 오천 원짜리 한 장이 들어 있었다. 생리대 가격이 얼마인지 알 수 없었지만 이 돈으로 해결할 수 있으리란 생각이 들었다. 동욱은 자전거에 올라타 근처 슈퍼로 갔다. 낡은 슈퍼 앞에 자전거를 세웠다. 파리채를 휘저으며 새끼손가락으로 귀를 파고 있는 주인을 흘깃 바라본 뒤 생리대를 찾았다. 어떤 걸 사야 할까. 생리대는 종류도 다양하고 크기도 여러 가지가 있었다. 고민을 하다 그냥 아무거나 집으려는데 한 가지 생각이 스쳤다. 남자가 생리대를 사면 주인이 이상한 눈초리로 보지 않을까? 동욱은 잠시 머뭇거리다가 주위를 슥 둘러봤다. 주인은 계속 귀를 후벼 파며 휴대폰 화면만 바라보고 있었다. 동욱은 자연스러운 손

놀림으로 생리대를 티셔츠 안에 쑥 집어넣고는 큰 소리로 외쳤다.

"아저씨, 아이비 없어요?"

"없으면 다 팔린 거다."

마침 이 작고 낡은 슈퍼에는 없는 과자가 꽤 많았다. 동욱은 주인한테 자연스럽게 인사를 건넨 후 슈퍼를 빠져나왔다. 그러고는 누가 뒤쫓아 오기라도 하는 것처럼 미친 듯이 자전거 페달을 밟았다.

"쪽팔렸지?"

생리대를 내밀자 지윤이 물었다. 동욱은 고개를 몇 번 가로저었다. 지윤이 화장실 쪽으로 걸어갔고 동욱은 지윤의 뒷모습을 멍하니 바라보았다. 내일도 지윤은 결석을 할 것이다. 지윤은 생리 결석을 밥 먹듯이 썼다. 남자가 담임이어도 생리가 터졌다는 이야기를 아무렇지 않게 꺼내고는 했다. 그런 지윤을 별종이라 생각하는지 아이들은 뒷담화를 하고 따돌렸지만 동욱은 지윤이 싫지 않았다.

◇

아빠는 손에 상처 자국이 많았다. 좋은 도배사일수록 손에 상처가 많은 법이라고 자랑스럽게 말했다. 아빠 손에는 늘 칼날이 반달형으로 생긴 도련칼이 들려 있었다. 아빠는 낄낄거리며 술을 마셨다. 그럴 때면 세상에 무서운 것 하나 없는 사람처럼 보였다. 어린 동욱에게는 그런 아빠가 세상에서 가장 무서운 존재였다.

"왜? 또 울게? 겁쟁이 새끼."

갑자기 아빠 손이 동욱의 손을 덥석 잡았다. 옹골찬 뼈마디가 금방이라도 튀어나올 듯 아빠 손은 우악스러웠다. 동욱은 겁에 질린 눈으로 아빠 팔에 난 상처를 바라봤다. 손목에서부터 팔꿈치까지 이어진 상처가 입을 벌리며 욕을 내뱉었다. 멍청한 겁쟁이. 쓰레기보다 못한 쫄보 새끼. 개새끼란 표현도 아까운 새끼. 아빠가 손에 한껏 힘을 주었고 동욱은 그 손아귀에서 자기 손을 빼려고 버둥거렸다.

"사내구실 못 할 놈들은 애초부터 그걸 잘라 버려야 하는 건데."

아빠는 동욱의 그곳을 노려봤다. 동욱은 이가 덜덜 떨렸다. 아빠가 술잔에 술을 붓는 순간을 틈타 손을 빼냈다. 비가 징글맞게 내리고 있었다. 번개와 천둥이 연이어 몰아쳤다. 재빨리 술을 입에 넣은 아빠의 눈동자는 번개를 머금은 듯 형형하게 빛났다.

"뚝 못 그쳐?"

어린 동욱이 훌쩍거릴 때마다 아빠는 버럭 성을 냈다. 아빠가 으름장을 놓아도 어린 동욱은 울음을 멈출 수 없었다. 동욱이 울음을 그치지 않으면 아빠는 옷상자에서 옷가지를 다

꺼낸 뒤 동욱을 집어넣었다. 동욱은 상자에 들어가지 않으려고 버둥댔지만 아빠의 손아귀 힘이 더 셌다. 그곳은 깜깜했다. 많은 시간이 흘러도 그 완전한 어둠에는 익숙해지지가 않았다. 얼마나 시간이 지났을까. 아빠의 코 고는 소리가 들리기 시작하면 그제야 동욱은 울음을 멈췄다. 울음을 멈추면 칠흑 같은 어둠이 더 무섭게 느껴졌다. 동욱은 겁에 질려 기이한 신음 소리를 냈다. 눈을 부릅뜨며 용기를 내려고 애썼지만 소용없었다.

"엄마……."

이 어둠에서 구해 줄 수 있는 사람은 아무도 없었지만 동욱은 간절한 목소리로 엄마를 불렀다. 수백 번, 수천 번 부르면 한 번쯤은 엄마가 대답할 거라고 믿으며 동욱은 가냘픈 목소리로 줄기차게 엄마를 부르며 밤을 지새우곤 했다.

◇

동욱과 지윤은 썰렁하게 텅 빈 교실들을 무작정 돌아다녔다. 주말에 마주하는 학교는 이상하다. 분명 같은 교실인데 전혀 교실 같지가 않다. 생기가 부족하다. 어색하면서 스산한 기운이 감돈다. 사물들이 모두 제자리에 있지만 엉거주춤 서성이는 느낌이라고나 할까. 기능을 잃은 사물은 고유의 빛도 잃어 버리고야 마는 걸까.

동욱은 자기 반 교실로 들어가 칠판 앞에 섰다. 동욱이 칠판에 지윤의 이름을 적자 지윤이 다가왔다.

"너, 카프카 알아?"

"누구?"

"프란츠 카프카."

지윤은 공부를 곧잘 한다. 중3치고는 읽은 책도 꽤 많다. 동욱은 지윤이 잘난 척을 시작하면 잠자코 이야기를 들어 준다. 그래야 싸우지 않고 지나갈 수 있다는 걸 이제는 안다.

"유명한 작가인데."

"몰라."

동욱은 지윤의 이름 옆에 '카프카'라는 단어를 적었다.

"내가 좋아하는 작가야. 특히 난 주인공 이름이 마음에 꼭 들어."

"이름이 뭔데?"

"요제프 케이."

동욱은 생소한 외국 이름을 입으로 나지막하게 불러 봤다. 어떤 이야기가 문득 떠올랐다. 국어 시간에 들은 이야기였다. 뜨거운 태양 때문에 주인공이 살인을 저지르고 법정에서 유죄 판결이 내려지고…….

"아, 그거 알아. 태양이 뜨겁다고 살인하는 거?"

"놉, 그건 『이방인』이고."

동욱이 틀릴 때마다 지윤은 혀를 바짝 끌어당겨 '놉'이라고 발음했다. 지윤의 영어 발음은 영어 선생을 능가할 정도로 매끈하고 유창했다. 모든 과목에서 고루 괜찮은 성적을 내는 지윤과 달리 동욱은 유일하게 국어 수업만 들었다. 국어 선생은 담임이기도 했는데 재밌는 이야기를 맛깔나게 들려주었다. 입담이 좋은 국어 선생이 들려준 영화나 소설 중에는 흥미로운 이야기가 꽤 많았다. 그런데 카프카라는 이름은 처음이었다.

"얼마 전에 『소송』이라는 책을 읽었거든. 다 이해되지 않았지만 그냥 좋았어. 억울한 요제프, 곤경에 빠진 요제프, 당황한 요제프, 잡혀가는 요제프, 문 앞에서 계속 거부당하는 요제프, 무엇에 거부당하는지조차 모르는 요제프, 불쌍한 요제프……."

이해되지 않지만 좋다는 것은 무슨 뜻일까. 갑자기 동욱은 기분이 좀 나빠져 괜히 지윤에게 시비를 걸고 싶었다.

"넌 왜 그렇게 책에 집착해?"

지윤은 뾰로통한 얼굴로 교탁 모서리를 매만졌다. 지윤은 감정 기복이 심했다. 별다른 징조 없이 갑작스레 웃음을 터뜨리기도 했고 반대로 엉엉 울기도 했다. 그래서 동욱은 지윤을 만날 때마다 오늘은 무슨 일이 터질까 궁금하고 긴장됐다. 그 궁금증이 싫지 않았다.

"남는 시간에 딱히 할 일이 없으니까."

지윤은 고개를 수그린 채 자기 손톱을 물끄러미 들여다보고 있었다.

"공부하고 남는 시간?"

"응."

지윤의 목소리가 한층 낮아졌다.

"엄마 아빠는 내가 책상에 껌딱지처럼 붙어 있길 바라거든. 잠자는 시간 빼고 전부. 공부 다 했다고 말하면 톡 쏘아붙여. 공부는 끝이 없는 거라면서."

지윤의 커다란 눈망울에 눈물이 차오르기 시작했다. 아까까지만 해도 어른스럽고 의젓했던 지윤이 사라지고, 이제 아이가 될 시간이었다.

"나는 엄마 아빠가 죽어 버렸으면 좋겠어."

흐읍, 하고 크게 숨을 들이쉰 지윤의 어깨가 들썩였다. 지윤은 아이처럼 서럽게 울었다. 가끔 동욱은 자기 감정에 지나치게 솔직한 지윤이 부러웠다. 자신 또한 한번쯤은 아이처럼 울어 보고 싶었다. 동욱은 지윤 옆으로 다가섰다. 어깨에 손을 올려 토닥토닥 두드려 주었다.

"카프카에 대해 더 이야기해 줘. 소설에 대해서도."

동욱이 나지막하게 말하자 지윤은 울먹이면서 알았다고 대답했다. 지윤의 부모는 무척 바쁜 사람들 같았다. 맞벌이라 수입이 넉넉할 것 같은데 지윤에게 절대 용돈을 주지 않았다. 필요하다고 하는 물건만 사 줬다. 학생한테 돈을 주면 영화관이나 노래방 같은 곳에 가거나 쓸데없는 친구들을 만날 거라고 믿었다. 그들은 지윤한테 친구가 없다는 사실도 모르는 것 같았다.

중1이 되자마자 지윤의 반 아이들은 지윤을 빼고 자기들끼리 단톡방을 만들었다. 지윤이 입만 열면 외국 작가 이야기를 늘어놓는 진지한 아이여서일까? 아니면 지윤의 눈이 만화 속 주인공처럼 지나치게 컸기 때문일까? 아니면 지윤의 영어 발음이 지나치게 원어민 같아서 잘난 척한다고 느꼈던 걸까? 지윤을 알기 전까지 동욱은 왕따는 자기 같은 애들이나 당하는 줄 알고 있었다.

남자애들은 곱상한 동욱의 외모를 보자마자 단박에 거부감을 느꼈다. 깡마른 몸이나, 신통치 않은 운동 실력보다 더 큰 문제는 아직 변성기가 시작되지 않은 동욱의 목소리였다. 자신이 어떻게 보이는지 알지 못하는 사람처럼 일부러 눈에 힘을 주고 센 척을 하는 포즈 또한 아이들을 거슬리게 했다. 그렇게 동욱과 지윤은 반에서 공식 왕따가 되었고 한 학기 동안 애써 서로의 존재를 무시했다. 너와 친구가 되느니 차라리 혼자 지내겠다는 의지를 부지런히 풍겨 댔다. 그러다가 둘은 2학기 때 동아리 활동을 같이 하게 되면서 조금씩 친해졌다. 이름은 만화부였지만 그곳에서 동욱과 지윤은 각자 그리고 싶은 것을 그렸고 서로의 그림 스타일이 닮아 있다는 것을 알게 되었다.

지윤이 울음을 뚝 그치고는 카프카 이야기를 다시 시작했다. 동욱은 지윤이 아이처럼 펑펑 우는 순간이 좋았다. 지윤이 막 울기 시작하면 왠지 자기 대신 울어 주는 것 같은 기분이 들었다. 동욱의 마음속에 가득 차 출렁이는 눈물 항아리를 지윤이 대신 짊어지는 듯한 착각이 들었고 그 착각이 싫지 않았다.

◇

동욱은 그날을 생생히 기억하고 있다. 학교를 마치고 돌아와, 자전거를 밖에 대충 세워 두고 집에 들어갔다. 아빠는 홀로 거실에 앉아 술을 마시고 있었다. 일거리가 통 없는지 오후부터 거나하게 술판을 벌였다. 동욱이 대충 인사를 하고 방으로 들어가려 하자 아빠는 동욱을 불러 세웠다.

"이리 와 봐."

동욱은 아빠 앞에 무릎을 꿇었다. 아빠는 잠시 동욱을 노려보더니 거칠게 술잔을 기울였다. 술잔을 탁 소리 나게 내려놓고 아빠는 혀가 꼬부라진 소리로 말했다.

"세상이 얼마나 험한 줄 모르지? 이 쫄보 새끼."

아빠는 주머니에서 도련칼을 꺼내 술잔 옆에 놓았다. 아빠눈은 술에 취해 완전히 풀려 있었다. 곧 일이 벌어지리라는 예감에 동욱의 몸은 딱딱하게 굳어 갔다.

"내가, 남자로 만들어 주마."

아빠의 두툼한 손이 동욱의 손을 낚아챘다. 아빠는 한 손으로 동욱의 오른쪽 손목을 세게 붙들고 다른 손으로 도련칼을 잡았다. 순식간에 뭔가가 손을 스쳐 지나갔다. 차가운 얼음이 닿은 듯한 고통이 온몸에 퍼졌다. 으악, 동욱은 비명을 질렀다. 동욱의 비명 소리는 술기운에 낄낄거리는 아빠 목소리도, 요란하게 돌아가는 냉장고 소리도 밀어낼 만큼 크고 강렬했다. 몸을 가눌 수 없을 정도로 땅이 흔들리고 어지러웠다. 동욱은 거칠게 숨을 내뱉으며 악착같이 몸을 구부렸다. 아빠가 방심한 틈을 타 아빠의 두툼한 손을 다부지게 깨물었다.

"이 새끼가 감히!"

고통에 몸부림치며 아빠는 사정없이 동욱의 뒤통수를 내리쳤다. 동욱은 물러서지 않고 살점이 떨어질 정도로 집요하게 물어뜯었다. 아빠의 손아귀 힘이 약해졌을 때 동욱은 아빠를 밀친 뒤 재빨리 일어섰다. 본능적으로 바닥에 떨어진 도련칼을 챙겨 주머니에 넣었다. 뒷덜미를 낚아채려는 아빠 손을 피해 겨우 집을 빠져나왔다. 자전거를 타자마자 쉬지 않고 다리를 놀렸다. 아빠로부터, 집으로부터 최대한 멀어져야 했다. 손에서 계속 피가 흘렀다. 신호등에 걸렸을 때 동욱은 셔츠의 소매 부분을 찢어 손에 칭칭 감았다.

갈 곳이 마땅히 없었다. 동욱의 자전거는 지하철 역사에 멈췄다. 노숙자들이 득시글거렸고 밤마다 살벌한 자리 경쟁이 일어났다. 욕설과 주먹이 오간 끝에야 잘 곳을 마련할 수 있었다. 신문지를 이불 삼아 자려는데 비가 쏟아지는 소리가 들리기 시작했다. 역사 안 공기는 금세 후텁지근해졌다. 벽 쪽에 다닥다닥 붙어 있는 노숙자들을 힐끗 쳐다보니 잠이 싹 달아났다. 한껏 몸을 움츠리고 벽에 딱 붙은 노숙자들은 사람이 아니라 벌레같이 보였다.

불현듯 엄마의 립스틱 향기가 맡아졌다. 동욱은 잔뜩 웅크린 채로 며칠 전 일을 생각했다. 엄마를 잃고 동욱은 죽 외로웠다. 동욱은 아빠 몰래 엄마의 물건을 책상 서랍에 숨겨 두었다. 엄마가 보고 싶은 밤이면 조용히 서랍을 열어 립스틱을 꺼냈다. 휴대폰 화면에 반사되는 자기 얼굴을 들여다보다가 립스틱을 입술에 찬찬히 발랐다. 엄마가 좋아하던 색깔이 엄마를 닮은 입술을 물들이면 엄마의 체취를 맡을 수 있을 것만 같았다. 갑자기 벌컥 방문이 열리면서 아빠가 달려 들어왔다. 빨갛게 물든 동욱의 입술을 노려보다가 아빠는 손을 번쩍 들어 올려 뺨을 내리쳤다.

역사에서 생활한 지 일주일에 접어들 무렵, 익숙한 발자국 소리가 들렸다. 동욱은 재빨리 고개를 들었다. 점점 다가오는 어두운 실루엣을 노려봤다. 아빠가 날 찾으러 왔구나. 동욱은 벌떡 일어나 달리다가 몸을 홱 돌렸다. 자신을 쫓는 사람을 확인하기 위해서였다. 그때 몸이 기울며 앞에 있던 계단으로 넘어졌다. 허공을 향해 팔을 허우적대다가 계단을 데굴데굴 굴렀다.

몸이 가벼운 덕분인지 많이 다치지 않았지만 동욱은 왼쪽 다리를 절뚝였다. 언제까지 걸어야 하는지 알 수 없었다. 길에 세워 둔 자전거 생각이 났다. 오래 헤맨 끝에 자전거를 찾았다. 동욱은 자전거 잠금장치를 풀고 가까운 공원으로 갔다. 공원 벤치에 누워 잠깐 눈을 붙이고 있는데 인기척이 느껴졌다. 눈을 게슴츠레 뜨니 체격 좋은 남자들이 보였다. 한 남자가 동욱에게 달려들어 두 팔을 뒤로 확 꺾었다.

"묵비권을 행사할 수 있으며⋯⋯."

남자는 동욱의 몸을 완전히 제압한 뒤 능숙하게 수갑을 채우면서 중얼거렸다. 팔이 부러진 것 같은 고통을 느끼며 동욱은 인상을 찌푸렸다. 입에서는 저절로 욕설이 흘러나왔다.

◇

집요한 심문이 시작됐다. 동욱이 형사들로부터 주워들은 이야기를 이어 붙이면 이랬다. 낡은 슈퍼에서 절도 사건이 일어났다. 하필 동욱이 생리대를 훔친 날이었다. 주인 아들이 잠시 화장실에 갔다 온 사이 카운터에 있던 현금이 전부 사라졌고 슈퍼와 붙은 집에 있던 귀중품이 없어졌다. 슈퍼 내부 CCTV는 고장난 상태라 경찰은 슈퍼 주위에 설치된 CCTV를 확인했다. CCTV에는 무언가를 훔친 사람처럼 슈퍼를 나오자마자 필사적으로 자전거 페달을 밟는 동욱의 모습이 고스란히 담겨 있었다.

"왜 그랬어?"

142

"뭘요?"

"왜 훔쳤냐고?"

"생리대만 훔쳤다니까요."

"몇 달 동안 다섯 번도 넘게 훔쳤잖아."

"아니라니까요!"

형사의 입가는 하얗게 뭉친 침으로 번들거렸다. 형사는 동욱 곁으로 바짝 다가와 은밀한 목소리로 중얼거렸다.

"증인도 있다니까."

"몇 번을 말해요. 전 생리대만 훔쳤어요, 진짜."

형사는 책상 위에 놓인 도련칼을 손가락 끝으로 가리켰다.

"이 칼은 누구 거야?"

"아빠가 도배 일을 해요."

"손은 왜 다쳤다고?"

"아빠가 술 먹고 그랬어요."

형사가 다짜고짜 서류 파일로 동욱의 머리를 때렸다.

"거짓말하지 말라고 했지."

"진짜예요."

"우리가 네 아빠 만나 봤어. 어찌나 숙맥인지 우리랑 눈도 못 마주치더라."

동욱의 손이 부들부들 떨렸다.

"아빠 손은 왜 물어뜯었냐?"

"그 인간이 그래요? 내가 그랬다고?"

형사는 서류 파일로 다시 동욱의 어깨를 내리쳤다.

"인마, 아버지보고 그 인간이 뭐냐."

형사들은 번갈아 들어와 머리를 후려쳤다. 그럴 때마다 동욱의 눈앞에 번쩍, 하고 번개가 일렁였다. 도돌이표처럼 끊임없이 같은 질문이 되풀이되었다. 자백하면 형을 줄여 줄게. 넌 아직 미성년자라 조금만 살다 나오면 돼. 거긴 감방이 아니라 그냥 학교 같은 거야. 선생들도 착하고 밥도 꽤 맛있다, 너.

국선 변호사는 알아들을 수 없는 말들만 지껄였다. 송치, 감별소, 보석금, 피고, 피해 보상, 상습범……. 동욱은 질끈 눈을 감고 변호사의 말을 흘려들었다.

수감방은 좁았다. 잠버릇이 고약한 애들이 수두룩했다. 양편에서 드르렁 코를 고는 애들의 숨 냄새를 맡지 않으려고 몸을 뒤척였다. 저것은 벽이다. 저것은 나무 막대기다. 혼잣말을 중얼거리고 있으면 옆에 누운 애가 몸부림을 치며 동욱의 몸 위에 묵직한 발을 탁 걸쳤다. 팔로 발을 밀어서 내려도 다시 동욱의 허리에 발을 올렸다. 세 번 참았다가 동욱은 발딱 일어나 그 애의 가슴에 올라탔다. 코와 입에서 흘러나온 핏물이 손톱에 스며들 때까지 정신없이 주먹을 휘둘렀다. 비명 소리에 깬 아이들이 뜯어말렸지만 동욱은 있는 힘을 다해 주먹을 휘두르고 발길질을 했다. 선생님들이 달려와 끌고 갈 때까지 거칠게 숨을 몰아쉬며 씩씩댔다.

징벌방에서 갓 나와 초췌한 몰골인 동욱에게 한 녀석이 다가왔다. 녀석의 수용 번호는 787. 7이 두 개나 들어 있네. 그런 쓸데없는 생각을 하고 있는 동욱에게 녀석이 말을 걸었다.

"징벌방은 어떠냐?"

동욱은 꺼지라는 눈빛으로 녀석을 쏘아봤는데 녀석은 전혀 쫄지 않았다.

"난 민규. 너 징벌방에 가 있는 동안 새로 왔어."

"그래서?"

"이것도 인연인데 친하게 지내자고."

동욱의 입에서 "쳇." 하는 소리가 절로 튀어나왔다. 변성기가 지난 굵직한 목소리가 무척 거슬렸다. 동욱의 어깨가 민규의 어깨에 세게 부딪쳤다. 녀석의 어깨가 뒤로 밀린 걸 무시하고 동욱은 자기 사물함 앞으로 갔다.

형사 말은 틀렸다. 각 방으로 배분되는 밥은 형편없었다. 사식 같은 게 먹고 싶으면 영치금으로 사거나 가족이 접견물로 넣어 주어야 했다. 아이들은 밥을 먹을 때마다 출소 후 먹고 싶은 음식 이야기를 꺼냈다. 나는 순댓국. 나는 엄마가 해 준 두부전골. 나는 피자. 아이들은 동욱이 입을 열 때까지 기다렸지만 동욱은 묵묵히 밥을 먹었다. 동욱은 먹고 싶은 음식이 없었다. 엄마가 해 준 요리에 어떤 것이 있었는지 생각나지 않았다.

형사들 말 중에 맞는 게 딱 하나 있긴 했다. 이곳은 학교와 다를 게 없다는 거. 이곳의 시간은 학교에서처럼 메말라 바스

러지기 일쑤였다. 특강을 온 강사들은 하나같이 똑같은 말을 되풀이했다. 꿈을 가져라. 과거를 모두 잊고 새로 시작하라. 희망은 지금 이 순간 우리 곁에 있다. 동욱은 강의를 듣는 내내 코웃음을 쳤다. 꿈을 갖기에 소년원은 너무 추웠다.

누구도 면회를 오지 않았다. 잠이 들지 못하는 밤이면 재판 장면이 스르륵 떠올랐다. 밀가루처럼 얼굴이 새하얀 판사가 동욱에게 물었었다.

"네 잘못을 인정하니?"

동욱은 판사의 눈동자를 똑바로 바라보며 대답했다.

"아뇨."

판사는 허리를 꼿꼿이 세우며 다시 물었다.

"네 잘못이 아니라고?"

"저는 돈을 훔치지 않았어요."

"그런데 왜 자백을 했니?"

판사가 무심히 되물었다. 그때 검사라는 사람이 손을 번쩍 들어 올렸다. 그는 물 밖에 나온 고기처럼 몸을 발딱 일으키며 큰 소리로 말했다.

"재판장님, 지금 피고인의 상태는……."

검사가 한창 말을 하고 있는데 갑자기 풋, 하고 웃는 소리가 법정에 울려 퍼졌다. 동욱이 배를 두 손으로 잡으며 폭소를 터뜨렸다. 판사가 조용히 하라고 호통을 치고 검사가 삿대질을 하며 소리를 지르고 국선 변호사가 동욱을 제지하는데도 터져 나오는 웃음을 참을 수는 없었다.

◇

지윤이 찾아온 날은 오전부터 새소리가 들렸다. 애인을 찾는지, 자식을 찾는지 새는 애타게 소리 높여 지저댔다. 오랜만에 보는 거라 동욱은 지윤이 반가웠다. 지윤의 커다란 눈이 한참 동욱을 바라보았다. 눈망울이 촉촉하게 젖어 갔지만 신기하게도 지윤은 아이처럼 울지 않고 울음을 참았다.

"혼자 온 건 아니지?"

동욱은 무심한 목소리로 물었다.

"응. 엄마는 밖에 있겠대."

지윤이 잠시 쉬고는 덧붙였다.

"처음으로 대들었어. 같이 안 와 주면 공부고 뭐고 다 때려치울 거라고."

동욱이 희미하게 미소 지었다. 지윤의 눈동자는 이제 빨갛게 충혈되었다.

"내가 그랬어."

지윤은 나지막한 목소리로 말했다.

"네가 붙잡히고 형사들이 학교에 찾아왔어. 애들한테 물어보니 그랬대. 내가 유일하게 너랑 노는 애였다고. 그날 너를 만났냐고 묻더니 네가 생리대를 훔친 게 맞느냐고 물었어. 내가 모른다고 잡아떼니까 부모님 얘기를 꺼냈어. 너무 무서웠어."

아무 대꾸 없이 이야기를 들으면서 동욱은 문득 궁금했다. 지윤은 나를 친구로서 좋아하긴 했을까. 떡볶이를 사 주고, 자기 푸념을 들어 주고, 아이처럼 우는 모습을 보일 수 있는 편한 상대가 필요했던 건 아닐까. 그렇다면 나는 지윤을 좋아했나?

"신경 쓰지 마. 난 잘 지내고 있어."

동욱이 의젓하게 말했다.

"참, 전에 이야기했던 소설들 보내 줄 수 있어?"

동욱이 이렇게 물었을 때 지윤은 커다란 눈망울에 매달려 있는 눈물을 손등으로 닦으며 힘차게 대답했다.

"그럼. 보내 줄게."

동욱은 지윤을 물끄러미 건너다보다가 입을 다시 열었다.

"앞으론 오지 마."

지윤의 커다란 눈동자가 잠깐 흔들렸다.

"넌 꼭 좋은 대학에 갈 거야."

"편지는 해도 돼?"

"편지도 하지 마."

지윤의 얼굴에 퍼져 나가는 슬픔을 묵묵히 바라보며 동욱은 그 애의 미래를 상상했다. 자기의 미래와 다른 모습으로 펼쳐질 지윤의 앞날을. 지윤은 대학생이 되겠지. 소개팅을 할

148

거고 동아리 활동을 하면서 취직을 준비하겠지. 남들이 모두 부러워할 만한 직장에 보란 듯이 취직해 부지런히 살아갈 지윤의 하루를 떠올렸다.

"조심해서 가."

면회가 끝났음을 알리는 방송이 나오자마자 동욱은 그대로 문을 나섰다. 뒤를 돌아보지 않았다. 어느 나라에서는 소녀들이 뒤를 돌아보지 않고 다리를 무사히 건너면 그제야 성인이 되었다고 인정하고 축복한다는 이야기를 해 준 사람도 지윤이었을 것이다. 동욱은 찬찬히 걸음을 옮기며 조용히 바랐다. 지윤의 커다란 눈망울에 더는 눈물이 맺히지 않기를, 더는 펑펑 울음을 터뜨리지 않기를.

동욱이 자기 자리로 돌아오자 민규가 조르르 다가왔다.

"면회 있었다며? 누구?"

"꺼져."

심리 치료 프로그램을 같이 듣게 되면서 민규는 부쩍 친한 척을 해 댔다. 징벌방에 갔다 온 동욱은 하기 싫어도 그 프로그램을 빠질 수 없었다. 그와 달리 민규는 자발적으로 프로그램에 참여했다. 그림을 그려 보라느니, 빈칸에 글자를 채워 보라느니 귀찮게 해서 딱 죽을 맛인데 민규는 싱글벙글 웃으며 활동을 했다.

"여기 나가고 할 일 없으면 놀러 와라."

"꺼지라고 했다."

"눈에 힘 좀 풀고. 혹시나 심심하면 오라는 소리지."

"어딜?"

"곡성."

곡성 같은 소리 하고 자빠졌네. 동욱은 민규가 귀찮았지만 녀석으로부터 도망칠 곳이 없었다. 모두 학교라고 불렀지만 여긴 엄연히 소년원이었다.

"네가 어떤 녀석인지 이제야 좀 알 것 같은데 말이지."

낮게 울려 퍼지는 민규의 목소리를 피해 동욱은 화장실에 들어갔다. 아무리 꺼지라고 해도 꺼질 생각이 없으니 직접 움직이는 수밖에 별 도리가 없었다. 바지를 입은 채 변기 위에 앉아 동욱은 생각에 잠겼다. 친한 척을 하는 민규가 부담스러우면서도 싫지는 않았다. 요즘 들어 부쩍 더 흔들렸다. 녀석의 넉살에 은근슬쩍 넘어가 그 친구인지 뭔지를 해 버려? 민규가 마지막에 남긴 말이 가슴에 묵직하게 남았다. 나도 아직 내가 어떤 사람인지 감이 안 잡히는데 자기가 뭐라고 알 것 같대?

동욱은 오후 세 시만을 기다렸다. 소년원은 상상 이상으로 추웠다. 추위가 뼛속까지 스며들었다. 손이 얼음장처럼 차가워지면 두통이 시작됐다. 새의 부리가 나무껍질을 쪼아 대듯 머리를 쪼는 것 같은 느낌이 들었다. 손발이 차가워질수록 머리통은 뜨거워졌다. 동욱은 온기를 내기 위해 벌레처럼 몸을 움츠리고 양손과 양발을 비볐다. 하지만 아무리 몸을 움직여도 몸은 따뜻해지지 않았다.

오후 세 시는 운동장에서 해를 마주 볼 수 있는 시간이었다. 운동장 한복판에 서서 태양에 몸을 달구었다. 해가 이동하면 동욱도 조금씩 발을 옮겼다. 달리 할 일이 없기도 했다. 해를 쫓아가다 보면 소년원 벽에 닿았다. 동욱은 그 벽을 넘을 수 없었지만 햇빛은 무심히 벽을 넘어갔다.

◇

출소하자마자 동욱은 엄마를 찾아갔다. 버스에서 내린 후 바닥에 침을 탁 뱉고는 공원 안쪽에 있는 납골당으로 들어갔다. 평소보다 느리고 무거운 걸음으로 복도를 걸었다. 동욱은 엄마가 담긴 유골함을 한번 바라보고는 환하게 웃고 있는 엄마의 사진을 들여다봤다.

"엄마, 나 왔어."

동욱은 쓸쓸한 미소를 지었다.

"거기는 어때? 진짜 천국이라는 게 있어?"

아빠는 술만 마시면 화가 솟구치는 사람이었다. 세상으로부터 받은 멸시와 스트레스를 술로 푸는 방법밖에 몰랐다. 엄마가 있었을 때는 엄마를 때렸다. 엄마가 사라지자 엄마 대신 맞을 사람이 필요했고 마침 그곳에 동욱이 있었다. 동욱은 자신이 아빠보다 엄마를 더 닮았다는 것을 잘 알았다. 술에 기대 사는 아빠보다 무엇에도 기대지 않은 엄마가 더 강한 사람이었다는 것도 알았다. 하지만 자신을 남겨 두고 너무 일찍 세상을 떠난 엄마를 원망했다. 원망하는 일이 그리워하는 일보다 더 쉽고 편했으니까.

"가끔 엄마가 보고 싶었어."

엄마는 오늘도 대답이 없다.

"엄마, 난 언제쯤 여기에서 벗어날 수 있어?"

납골당을 나와 동욱은 곡성으로 향했다. 껌을 질겅질겅 씹으며 민규의 집까지 어기적어기적 걸었다. 집은 허름했지만 사람의 손길이 곳곳에 묻어 있어 누추하거나 추레해 보이지 않았다. 동욱이 너른 마당에 들어서자 민규가 활짝 웃으며 반겼다.

"서동욱! 이게 얼마만이야."

민규가 팔을 크게 벌려 껴안으려 했지만 동욱은 가느다란 팔을 죽 뻗어 막았다. 그런 동욱을 바라보는 민규의 얼굴에 미소가 떠올랐다.

"까칠한 건 여전하구나."

"혼자 있냐?"

"아빠는 배달 갔어."

소년원에서 유일하게 말을 걸어 준 녀석. 민규는 아빠의 고향인 이곳에서 아빠에게 일을 배우고 있다고 했다.

"일은 할 만하냐?"

동욱이 물었다.

"완전 힘들어."

민규 아빠는 석청꾼이다. 석청은 지리산 일대 절벽 바위틈에 오랜 시간 저장된 꿀이란다. 자연의 힘으로 자란 천연 꿀이라 향이 좋고 영양이 풍부해 비싸게 팔린다고 했다. 옛 사람들은 이 꿀을 귀하게 여겨 약으로 쓰기도 했단다.

"아빠는 벼랑 끝만 찾아다녀. 그래야 석청을 얻을 수 있다나."

동욱의 머릿속에 한 장면이 떠올랐다. 장화를 신은 민규가 울퉁불퉁한 돌길을 걷는다. 돌 틈 사이로 발이 빠지면 다칠 수 있으니 매순간 긴장을 놓지 않는다. 석청이 있을 것 같은 장소를 만나면 멈춰 선다. 밧줄에 몸을 묶고 외줄에 매달린다. 그물망으로 얼굴을 보호하고 구멍을 막은 돌들을 천천히 꺼낸다. 석청이 있을 수도 있고 없을 수도 있다. 직접 확인하기 전까지 알 수 있는 건 아무것도 없다.

"여기 계속 있으려고?"

"응. 도시보다 여기가 좋아. 산에 가면 뭘 훔치고 싶다는 생각이 없어져."

민규의 얼굴에 자연스러운 미소가 번져 나갔다.

"너도 내려올래?"

민규가 부드러운 말투로 물었다.

"내가 무슨."

동욱은 장화를 신고 배낭을 메고 산을 쏘다니는 자신의 모습을 상상해 보려 했지만 머릿속은 깜깜하기만 했다.

"오고 싶을 때 와. 언제든 환영이니까."

민규가 동욱의 어깨에 팔을 둘렀다. 웬일로 동욱은 민규를 밀쳐 내지 않고 가만히 있었다. 문득 민규가 부러웠다. 도시를 미련 없이 떠날 수 있다는 게. 다시 돌아올 곳이 있다는 게. 비를 피하고 어둠을 밝힐 수 있는 집이 있다는 게. 부모로부터 뭔가 배울 수 있고 다시 시작할 기회가 있다는 게. 그 모든 것이 너무 부러워 화가 날 지경이었다.

"그만해도 돼."

다짜고짜 민규가 말을 내뱉었다. 동욱은 민규가 던진 말이 이해되지 않아 잠자코 있었다.

"날카롭게 세운 가시들, 빼 버려."

"뭐?"

"겁이 나서 가시를 곤추세운 거잖아. 세 보이려고 으르렁댄 거잖아."

엄마를 충분히 그리워하고 싶었다. 그게 아빠한테 겁쟁이 같이 나약한 인간으로 찍히는 빌미가 될지 몰랐다. 여리고 겁 많은 성격을 숨기려고 눈에 힘을 주고 다녔다. 그게 반 아이들한테 왕따를 당해도 싸다는 뜻으로 읽힐 줄 몰랐다. 소년원에 들어간 순간 동욱은 다짐했다. 진짜 강한 사람이 되겠다고. 누가 공격하기 전에 먼저 공격을 하겠다고. 공격이 최선의 방어라는 생각으로 한 순간도 긴장을 늦추지 않았다. 그러느라

154

자신의 마음이 지쳐 있음을 알지 못했다. 어떤 사람이 진짜 강인한 사람인지 여전히 헷갈릴 뿐이었다.

"아, 맞다."

민규가 집 안으로 들어가더니 잠시 후 그릇을 가지고 나왔다. 석청이었다. 민규는 그릇에 담긴 석청을 숟가락으로 듬뿍 퍼 동욱에게 내밀었다.

"먹어 봐."

잠깐 망설이다가 동욱은 숟가락을 가로채 맛을 봤다. 한 번도 느껴 본 적 없는 맛이었다. 진한 향이 순식간에 입에 퍼졌고 달큰한 맛이 지나가자 목이 싸해졌다. 입을 달싹일수록 아찔했다. 혓바닥에 얼얼한 느낌이 남았다.

"어때?"

민규가 궁금해하는 눈빛으로 동욱을 쳐다보는데 순간 동욱의 눈꺼풀이 뜨끈해졌다. 이러다가 녀석 앞에서 눈물을 쏟을 것만 같아 동욱은 허벅지를 주먹으로 내리쳤다.

"맛있네."

아찔하게 잠긴 목소리로 동욱이 말했다.

"너 목소리가……."

변성기가 온 듯한 동욱의 목소리를 듣고 민규는 반색을 했다. 입꼬리를 올리는 민규의 얼굴을 보자 동욱도 웃고 싶어졌다. 하하, 하고 웃는 민규를 따라 동욱도 킬킬거렸다. 한바탕 웃고 났더니 마음이 후련했다. 아이처럼 자주 울던 그 애 생각이 잠깐 났다. 동욱은 앞으로 좀 더 자주 웃고 울 수 있는 사람이 되고 싶었다. 그래도 될까.

서둘러 돌아가려는 동욱에게 민규는 석청이 담긴 비닐봉지를 내밀었다. 봉지를 받기 전 동욱은 민규에게 먼저 손을 내밀었다. 처음으로 두 사람은 손을 꽉 잡고 악수를 나눴다. 악수 끝에 동욱은 검정 비닐봉지를 받아 들었다. 동욱은 뒤돌아보지 않고 민규의 집을 빠져나와 걸었다. 뿌연 하늘에 뜬 초승달을 흘끗 바라보고는 도시로 향하는 버스에 올라탔다.

작가의 말

　『모기』 초고를 2005년에 썼다. 『지금은 생리 중』 초고는 2020년에 썼다. 시간의 격차를 물끄러미 들여다본다. 그사이 어떤 일들이 벌어졌고 나는 얼마만큼 변화했을까. 십오 년 전의 나와 지금의 나. 그 둘이 같은 사람이라고 할 수 있을까. 시간의 격차가 주는 질감과 압도감에 문득 아연해진다.

　십 대 시절의 나는 자신을 좋아하지 못했다. 나도, 현실도 못마땅해 어디로든 좋으니 도망치고 싶은 날이 많았다. 하지만 지금의 나는 나 자신을 제법 좋아한다. 스스로 노력하기도 했지만 시간의 힘 덕분이라고 생각한다. 십오 년 전의 나는 내가 청소년 소설을 쓰는 작가가 되어 있을 줄 까맣게 몰랐다. 정말이지 인생은 예기치 않은 일의 연속이다. 게다가 인생은 참 쉽지가 않다. 하지만 지금 힘겨운 시간을 버티고 있는 이들에게 꼭 말해 주고 싶다. 버티다 보면 좋은 날이 온다고. 시간은 생각보다 힘이 세고 많은 일을 해결해 준다고. 도망만 치는 인생보다는 기쁨과 슬픔을 빼곡히 느끼는 인생이 훨씬 멋지다고.

　장편 소설을 쓰는 일도 쉽지 않지만 단편 소설에는 또 다른 어려움이 있다. 정말 훌륭한 청소년 단편 소설을 쓰는 작가들의 이름을 나직이 불러 본다. 자꾸만 작아지려고 하는 내 안의 나를 간신히 다독인다. 언젠가는 내가 좋아하고 존경하는 그들처럼 아름다운 단편을 쓸 수 있었으면 좋겠다. 부단히 노력하고 내공을 쌓아야 가능한 일이겠지만 그런 날이 올 거라고 희망을 품어 본다.

　소설집에 실린 소설들은 2020년 한국문화예술위원회 아르코 문학창작기금을 받은 소설들이다. 부족한 소설을 뽑아 주신 심사위원들께 감사 인사를 드린다. 더불어 편집 과정 내내 함께해 준 편집 팀에 감사드린다.

　항상 곁을 지켜 주는 가족과 친구들에게, 더불어 소설을 끝까지 읽어 준 독자분들께 두 손 모아 사랑의 인사를 전한다. 부디 재미있게 읽어 주신다면 더 바랄 게 없겠다.

봄의 절정에서

탁경은

수록 작품 발표 지면

이번 생은 망했어 _문학웹진 비유 17호(2019년 5월)
모기 _어린이와 문학 143호(2017년 6월)

민트문

2022년 5월 27일 1판 1쇄

지은이 탁경은

편집 김태희, 장슬기, 윤설희
디자인 스튜디오 공감각
제작 박흥기
마케팅 이병규, 양현범, 이장열
홍보 조민희, 강효원

인쇄 천일문화사
제책 J&D바인텍

펴낸이 강맑실
펴낸곳 (주)사계절출판사
등록 제406-2003-034호
주소 (우)10881 경기도 파주시 회동길 252
전화 031) 955-8588, 8558
전송 마케팅부 031) 955-8595 편집부 031) 955-8596
홈페이지 www.sakyejul.net │ 전자우편 literature@sakyejul.com │ 블로그 blog.naver.com/skjmail
페이스북 facebook.com/sakyejul │ 인스타그램 instagram.com/sakyejul

ⓒ 탁경은 2022

* 이 도서는 2020년도 아르코문학창작기금 지원사업에 선정되어 발간된 작품입니다.

ISBN 979-11-6094-934-6 44810
ISBN 978-89-5828-473-4 (세트)